Karl Friedrich Hensler

Alles in Uniform für unsern König

Ein Volkslustspiel in drei Aufzügen

Karl Friedrich Hensler

Alles in Uniform für unsern König
Ein Volkslustspiel in drei Aufzügen

ISBN/EAN: 9783743398993

Hergestellt in Europa, USA, Kanada, Australien, Japan

Cover: Foto ©Andreas Hilbeck / pixelio.de

Manufactured and distributed by brebook publishing software (www.brebook.com)

Karl Friedrich Hensler

Alles in Uniform für unsern König

Alles in Uniform für unsern König!

Ein
Volkslustspiel
in
drey Aufzügen
von
Hensler.

Pro Rege & Patria.

Zum Erstenmal aufgeführt auf der kaiserl. königl. privil. Marinellischen Schaubühne in Wien.

Wien, 1795.
Auf Kosten und im Verlag bey Johann Baptist Wallishauser, Buchhändler.

Personen.

General, Freyherr von Hartmuth.
Rosalie, seine Schwester.
Major Sternheim.
Karoline, seine Gemahlin, gebohrne Hartmuth.
Mimi, des Generals jüngste Tochter.
Ingermann, Rittmeister und Adjutant.
Wachtmeister Buxer.
Michael Baldinger, ein reicher Beckermeister.
Anna, seine Frau.
Peter, sein Sohn, Beckerknecht.
Mariechen, seine Tochter.
Lenchen, Peters Braut.
Korporal Bleyer.
Stephan, Gärtnerjunge.
Belikan, Dorfbarbierer.
Amtmann Brönnl.
Jops   } Bauern.
Görge   }

Soldaten, Beckerknechte, Bauernmädchen.

Erster Aufzug.

Erster Auftritt.

(Zimmer in Baldingers Hause) Baldinger sitzt am Tisch, hat einen Quartierzettel in der Hand, vor sich eine Flasche Wein. 3 Soldaten stehen am Tisch, jeder ein Glas Wein in der Hand. 1 Corporal. Man hört entfernt den Grenadiermarsch. — Mariechen.

Baldinger.

In des Himmels Namen! wieder meinen Tisch um 4 Menschen vermehrt, die meinen Ueberfluß mit mir verzehren helfen! Ihr sollet gute Tage bey mir haben, ihr wackern Männer! sollet ausruhen von des Krieges Last und Hitze.

Korporal. Dank euch, ehrlicher Mann! für euren freundlichen Willkomm — jetzt wollen wir weiter — (Sie reichen ihm alle die Hand.)

Mariechen. Kommt nur mit mir, ihr Herren! in die untere Stube, ihr sollt bey uns köstlich bedient werden. (ab.)

Bald. (Man hört stärker den Grenadiermarsch — Pause — er nimmt seine Müze ab) Got: segne euch, tapfere Kriegskameraden! Ha! wie mir da immer mein Herz lacht, wenn ich unsern vaterländischen Soldatenmarsch durch die Strassen tönen höre — bey meiner Seele! er ist so recht dazu gemacht, unseren jungen Burschen das Herz an rechten Fleck hinzusetzen — und Leib und Leben für ihren König — und fürs Vaterland dahin zu geben. — (Der Marsch dauert immer fort)

Zweyter Auftritt.

Baldinger, Herr Belikan.

Belik. (schnell hereineilend) Um des Himmels willen, lieber Herr Baldinger! was fangen wir an! wenn es so fortgeht, wird das ganze Dorf total aufgefressen. Soldaten über Soldaten! nicht anders, als wenn sie aus der Erde herausschlüpfeten wie die Pilsen.

Bald. Gut wär es, mein lieber Herr Dorfbarbier! wenn unsere Soldaten aus der Erde schlüpfeten wie die Pilsen.

Belik. So hör er nur die verdammte Musik — so oft ich den Grenadiermarsch wirbeln höre, ist es mir doch nicht anders, als wenn ich zum jüngsten Gericht trompeten hörte.

Bald. Ha, ha, ha! Wär Jammerschade, wenn der Herr mehr in seinem Leben gelernt hätte, als dem Mannsvolk den Unrath von dem Munde wegzubuzen. Herr! Ein Soldatenmarsch, und ein reines Morgenlied zu dem lieben Gott um Segen für Weib und Kind ist für mich jetzt eine gleich fröhliche Musik; Dieses erinnert mich an meine häusliche Pflichten, der Soldatenmarsch an die Pflichten für mein Vaterland.

Belik. Aber so bedenk' er doch — Wir haben ohnehin schon 4 Wochen Rekrutirung in unserer Gegend. —

Bald. Ist auch nicht anders möglich — Der König braucht Soldaten — und wo bekömmt er diese besser, als unter seinen eigenen Unterthanen.

Belik. Die Einquartirung wird aber manchem im Dorf sehr beschwerlich fallen. Wir haben viele arme Leute.

Bald. Aber auch viele Reiche — Herr Belikan! nicht umsonst hat uns die Vorsicht in diesem Jahr so gesegnet, nicht umsonst hat der liebe Gott so vieles Obst wachsen, hat Wein und Frucht so gut gedeihen lassen — unsre Brüder sollen diesen Ueberfluß mit uns geniessen helfen — ist das nicht so recht?

Belik. Aber die Rekrutirung! (geheimnißvoll) gestern Abend war ich noch sehr spät bey unsrem Herrn Amtmann — der hat mir etwas ganz besonders anvertraut.

Bald. Was geht das mich an?

Belik. Je nun — angenehm wird's dem Herrn Baldinger wohl nicht seyn!

Bald. So schweig er — wenn's etwas unangenehmes ist, so mag ich's auch nicht wissen —

Hat er vielleicht etwas von meinem entlaufenen Sohn gehört?

Belik. Wenn er ihm in so vielen Jahren nicht geschrieben hat, wie soll ich etwas von ihm wissen? —

Bald. Oder ist etwa unser alte General Hartmuth im Treffen geblieben?

Belik. Au nichts von dem —

Bald. Oder — (sich besinnend) ist etwa gar unser König krank?

Belik. Nicht doch! und was gieng das ihn an?

Bad. (mit Eifer) Was? wenn mein König krank wäre, das soll mich nichts angehen? Herr! — Herr! wenn der Herr so von mir denkt, sind wir keine guten Freunde mehr; nicht einmal meinen Pferden soll der Herr mehr Aber lassen, will geschweigen mir.

Belk. War ja nicht so gemeynt. — (ironisch) Ich weiß ja recht wohl, daß der Herr Baldinger ein getreuer Unterthan von seinem König ist —

Dritter Auftritt.

Vorige. Peter mit aufgestülpten Ermeln als Beckerknecht mit Schürze u. s. w. trägt mehrere Bordlaibe, die er alle, wie er den Vater so poltern hört, zur Erde fallen läßt.)

Bald. (schlägt in den Tisch) Das bin ich — und das bleib ich — und ein Schurke, der es nicht ist — da haben wir den ungeschickten Kerl! rühr dich Bursche! schenk ein, und trink! (zu Belikan) und auch er soll trinken: alle getreue Unterthanen unsers Königs sollen leben — (Er trinkt.)

Peter. (schenkt zitternd ein, weinend) Ich bin schon da, Herr Vater! ich trink schon —

Bald. Trink Pursche, oder ich gieß dir den Wein in den Hals hinab —

Peter. (bricht in lautes Weinen aus) Sie sollen — hi, hi, hi! — sie sollen leben! —

Bald Was? nicht mit frohem Herzen trinkst du diese Gesundheit? willst du etwa aus der Art schlagen? vielleicht deinem alten Vater noch im Grabe den Schandfleck anhängen, daß unter seiner Nachkommenschaft ein Baldinger lebte, dem kein ehrlich treues Blut in seinen Adern schlug? trink — Bube! und schrey — oder —

Peter. (laut krächzend) Ich schrey schon — ich schrey schon — Alle guten Menschen sollen leben — (trinkt)

Bald. Und wie — (zu Belikan) was? er ist auch so still, als wenn ihm die Zunge verleimt wäre? trink er ins Teuf — Gott verzeih mir's —

Belik. Nun — ja — ja — sie sollen leben —

Bald Was? nicht ausgetrunken — gleich trink der Herr aus, und wenn es Gift wäre, es muß hinunter —

Belik. (trinkt aus) Sie sollen leben — Sie sollen leben —

Bald. (*sịht ihm nach*) Rauşt er nicht das Ding so schwer daher, daß ich ihn bey meiner Seele! bald für einen heimlichen Manichäer halten soll — (*zu Peter, der erschrickt*) Und was machst dann du für ein fatales Gesicht, als wenn dir die Gänse das Brod gestohlen hätten?

Peter. Nichts habens mir g'stohlen — aber Soldaten sind wieder eingruckt — das ist der Teufel!

Bald. Und was geht dich das an, daß Soldaten eingruckt sind — willst vielleicht auch ein Soldat werden? — (*Belikan winkt ihn, daß er diese Frage verneinen soll.*)

Peter. Ich — ob ich — was hat der Herr Vater gesagt, ob ich ein Soldat werden will? — nir will ih werden — da hab' ich aber einen Zettel vom Herrn Amtmann!

Bald. (*liest — ergreift voll Freude Peter beym Kopf*) Sohn — Herzenssohn! welche Freude soll ich noch in meinem Alter erleben — bedenk die Freude, das Glück, du sollst dich heute noch stellen, sollst Soldat werden, sollst für deinen guten König fechten —

Peter. Fechten? ich? lieber Herr Vater! ich kann nicht fechten. (*weinend*) Bielweniger ein Blut sehen — ich kann auch kein Soldat werden.

Belik. Sagte ich das nicht gleich, Herr Balbinger! es wird so gehen; aber warum hat der Herr auch dem Hrn. Amtmann seine Tochter versagt? so geht's, wenn man so eigensinnig ist — jetzt kann der Herr Sohn die Muskette auf den Rücken nehmen und sich todt schießen lassen.

Peter. (laut aufschreyend) Todtschießen lassen — ich? ich laß mich nicht todtschießen, ich — das sag ich gleich. —

Bald. War also dieses das Geheimniß, das er mir vorhin anvertrauen wollte? glaubt er etwa, daß mir der Herr Amtmann einen Verdruß machte, weil er meinen Sohn auf die Rekrutenliste geschrieben hat? — Geh her, Peter! du bist mein Fleisch und Blut — guck mir einmal aufrichtig ins Aug! (Peter schaut zur Erde) Nun — wie ist's? — Hättest du wohl Lust dazu? he!

Peter. Lust — ich — zu was Lust? (Belikan winkt)

Bald. Rekrut zu werden —

Peter. Wär mir unmöglich — Herr Vater! da will ich lieber 100 Brodlaib' einschieben, als nur eine einzige Kartatschen losschießen.

Bald. (hart) Und warum? he! warum!

Peter. Ja? ich weiß just grad nicht warum — aber ich kann halt nicht —

Bald. Hast kein Kurage, Bursche! schäme dich, keine Kurage! —

Peter. Kurage ja? ich hab keine Kurage, um mich todt schießen zu lassen.

Belik. Aber so bedenk er doch, Herr Baldinger! es ist sein einziger Sohn —

Bald. Das ist nicht wahr, ich hab noch einen Sohn — aber wer weiß, wo er in der Welt herumlauft; weiß er was, Herr Belikan! die Sache soll gleich abgemacht seyn, hohl er mir einmal meine alte Anna herauf.

Belik. Gleich! gleich! mein lieber Herr Baldinger! (*beiseite.*) Da müßt' ich mein Handwerk schlecht verstehen, wenn sich da für den Dorfbarbier keine Procente machen ließen. (*ab, dem Peter winkend.*)

Bald. (*stellt sich vor ihn hin*) Aber, sag du mir Peter! hast du denn gar keine Ehr im Leib?

Peter. Ja — s'kann schon seyn — daß ich eine hab, aber ich spür' halt nir davon! —

Bald. Ist das keine Ehr, wenn man seinem Monarchen dient? —

Peter. S'kann seyn, daß es eine Ehr ist — aber ich merk halt, daß ich gar nicht dazu taug.

Bald. Schau! mein Sohn! lesen, schreiben und rechnen hast du in der Normalschule gelernt — Zulag geb ich dir, so viel du brauchst, um als Soldat herrlich leben zu können. — Wenn du dich gut aufführst, kannst du bald Korporal werden — hernach gehts immer weiter hinauf, bis du gar General wirst.

Peter. Lieber Herr Vater! ich merk an allem, daß ich zu keinem General gebohren bin.

Bald. Was das für eine Freud seyn wird, wenn ich dich einmal als einen Officier seh mit gewirkten Stiefeln — mit goldenen Quasten auf dem Hut und am Degen — und wenn du dich da zum erstenmal im Dorf sehen läßest — da werden die Bauern die Köpfe in die Höhe strecken, Herr Lieutenant werden sie da sagen — (*Peter steht mit offenem Mund da — Baldinger zieht die Müze*) Aber wie steyst du denn da, du Bengel! — Herr Lieutenant! oder Herr Hauptmann! da setz sich der Herr oben an, und erzähl uns der

Herr, wie oft der Herr mit unsrem König gesprochen — wie viel Batterien er bestiegen —
wie viele Festungen er eingenommen — und wie
oft (Pause) aber steht der Kerl nicht da, als
wenn er hergepapt wäre, so will ich ein Schelm
seyn.

Vierter Auftritt.

Vorige, Wachtmeister Buxer.

Buxer. Guten Morgen, Herr Baldinger!
Viel Glück — es sind wieder neue Kriegskamme-
raden eingerückt.

Peter. (leise) Da kommt auch so ein guter
Freund — Ich wollt daß die Soldaten wären,
wo der Pfeffer wächst. —

Bald. Weiß — weiß — mein lieber Herr
Buxer! hab auch 4 Gäste davon bekommen, sollen bey mir gehalten seyn, wie meine Kinder. —

Buxer. Und unsere Herren Officiere haben
eine frohe Nachricht mitgebracht.

Bald. (schnell) Friede vielleicht?

Peter. (leise) Das wär gut — da braucht
man doch keine Soldaten mehr —

Buxer. Friede noch nicht, guter Baldinger!
aber vielleicht haben wir das Glück, heute oder
morgen unsern alten General Hartmuth hier zu
sehen. —

Bald. Was! Unser wackere General wird
hieher kommen? und ich sollt' ihm nicht einen Sohn

zum Soldaten vorstellen könnten? Herr Buxer! 50. Gulden versprech ich ihm, wenn er meine alte Anna dazu bewegt, daß sie ihr Jawort giebt.

Buxer. Es ist aber sein einziger Sohn, und er weiß die Verordnung —

Bald. Verordnung hin, Verordnung her — ich muß aber einen Sohn bey der Armee haben, der unsrem König dient —

Peter. (hart) Ich muß aber heurathen — ich gey' in Dienst bey meiner Lenerl — und ich hab mir immer sagen lassen, man kann nicht 2. Herren dienen. —

Bald. Der General kommt hieher, sagt er. — da muß ich mich sehen lassen — ja! ich bring dem König meinen Sohn — und jetzt geh ich gleich zu meinen Pferden hinunter in den Stall, such das schönste aus, und das geb ich ihm auch — und dann — dann gehts über die Geldtruhe — meine alten Lepoldthaler, 100. an der Zahl — was thu ich damit? — richtig — meinen Sohn, mein Pferd — und die alten Thaler — die bring ich unsrem König. (freudig ab.)

Fünfter Auftritt.

Buxer und Peter.

Buxer. (schlägt Peter auf die Schulter:) Bey Gott! Bursche! du hast einen wackern Vater! das, was er in so hohem Grade besitzt — scheint du zu wenig zu haben — Vaterlandsliebe! Nun, — wie ist's — bist du entschlossen?

Peter. Entschlossen? zu was? ja — zu heurathen bin ich entschlossen, aber nicht Soldat zu werden.

Buxer. Bist aber alt genug zum Dienst — könntest wohl ein paar Jahre mitmachen — bist ein dauerhafter Bursche.

Peter. Dauerhaft? — ich hab mir sagen lassen, wenn man heyrathet, so muß man auch dauerhaft seyn — versteht mich der Herr? —

Buxer. Stell dich einmal daher — (stellt ihn) die Brust heraus — (Peter mit lächerlicher Stellung und Grimasse) fest auf die Beine — den Kopf in die Höhe — probir einmal das Marschiren, — 1. 2. — 1. 2. — 1. 2. — (kommandirt und marschirt)

Peter. Ich marschir ja schon — (tritt Buxer auf die Beine.)

Buxer. Vorwärts — marsch — halt — links um! —

Peter. (leise) Links um — ja — bey mir heißts rechts um — da wä' ich nicht g'scheid, wenn ich mich so für einen Narren halten ließ — ich geh meiner Wege. (rutscht zur Thüre hinein.)

Buxer. (wie er sich umwendet, steht er so allein) Ha, ha, ha! hat sich der Hasenfuß von der Parade weggeflüchtet — Vater und Sohn — ein wunderlich Spiel der Natur, es sollte fast nicht möglich seyn, daß aus diesem Neste Vögel von der Art gehecket werden könnten. (ab.)

Sechster Auftritt.

Zimmer in General Hartmuths Hause. Auf dem Tisch steht Dinte und Papier. Die alte Tante nach der ältesten Mode gekleidet, sitzt in einem Lehnsessel, hat ein altes Turnierbuch vor sich, in dem sie hin und her blättert. Mimi an einem andern Tisch, schreibt verstohlen einen Brief.

Rosalie. Ich mag auch in dem Turnierbuch nachsuchen, so lang ich will — so find ich unter allen adelichen Familien die Ingermannische Ahnen nicht — (ruft) Mimi! Mimi! (sie blättert weiter)

Mimi. (greift schnell nach dem Strickzeug — springt dahin und tunkt heimlich die Feder ein) Da bin ich schon Liebes Tantchen! haben Sie denn die alte Hauspostill noch nicht genug durchblättert — (schleicht sich auf den Zehen fort.)

Rosal. Ey, ey, ey! das verstehst du nicht, Mimi! — dieses Buch enthält die Zierde unserer altadelichen Ahnen — da hör einmal — schon Anno 1642. sind unsere Vorfahren, wider die Ungläubige nach Jerusalem gezogen.

Mimi. (schreibt fort — liest) „Lieber Schatz! „Es hat mir auch heute Nacht etwas erschreck„liches von ihnen geträumt —" (laut) Das ist schon recht, daß er das erfährt —

Rosal. (für sich) Wenn aber der Mensch gar nicht von Adel wäre (ruft) Mimi! — Mimi! — (ohne zu antworten) (sie wendet sich um) Schläft denn das gottlose Mädchen, oder hat sie mich vielleicht gar allein — (steht auf) Mimi! —

Mimi. Ich komm ja schon, liebe Tante! nur noch 4 Maschen, die ich abzustricken habe— (schreibt fort — liest) „Ich bin auch ewig ihre gehorsamste — „

Rosal. (schleicht sich heimlich hinter sie hin) Du lieber Himmel! was entdeck' ich da — Maschen? Maschen? du lieber Gott! wenn das gottlose Kind gar einen Liebesbrief —

Mimi. (schnellt die Feder aus, und sitzt an die Tante) Die Schelmenfeder ist auch keinen Heller werth.—

Rosal. (reißt ihr den Brief weg) Sind die Maschen schon abgestrickt — he! du ehrvergeßnes Mädchen du! (liest) „Liebster Schatz!" — (zerreißt das Blatt)

Mimi. Nun — ja — jetzt haben Sie es gut gemacht — gerade, da alles fertig ist, zerreißen Sie mir den ganzen Brief — das ist auch nicht schön, gnädige Tante! —

Rosal. Was? — einen Brief? — Und an wen hast du diesen Brief geschrieben, an wen?

Mimi. (unschuldig) An wen? Liebes Tantchen! (ihr leise ins Ohr) Das Briefchen gehört dem Herrn Rittmeister —

Rosal. Dem Herrn Rittmeister? Hilf lieber Himmel! was für verderbte Zeiten! Kinder schreiben schon Liebesbriefe —

Mimi. Kinder! Kinder! da hör man nur, als wenn ein solches Kind, wie ich eines bin, nicht alle Tage einen Mann nehmen könnte —

Rosal: Was! immer ärger! auch schon aus heurathen denkt das Mädchen.

Mimi. Nein! nein! liebes Tantchen! ans heurathen denk ich gar nicht, nur einen Mann möcht ich gern haben.

Rosal. (halb für sich) Geschieht meinem Bruder schon recht — hab es ja gleich gesagt, daß es so gehen wird — warum hat er den Frazen nicht länger im Stift gelassen —

Mimi. Ach liebes Tantchen! wie froh bin ich, daß ich nicht mehr da bin — nichts als lauter alte grießgrämerische Jungfern hab' ich da ansehen müssen — und hundertmal lieber will ich mich mit Männern als mit so zänkischen Weibern herumbalgen.

Rosal. Immer schöner! immer besser! ich merke wohl, daß es hohe Zeit ist, dich entweder fortzuschicken, oder sonst wo unterzubringen.

Mimi. Nun! da kann ja leicht Rath geschaft werden — der Herr Rittmeister hat mir gesagt, er wünsche sich eine Frau, und ich hab' ihm gesagt, ich wünsche mir einen Mann, — auf diese Art könnte uns ja allen beyden geholfen werden. —

Rosal. O du ehrvergessenes, gottloses Kind du! der Himmel verzeih dir diesen sündlichen Gedanken! — da sieht man die Folgen unserer Modeerziehung; (neigt sich) Keine Ehrbarkeit! keine Zucht mehr! deßwegen denken auch die gottlosen Mädchen an nichts als an das heurathen; Schäm dich! du! du ehrvergeßnes Mädchen du! (ab)

für unsern König! 17

Mimi. (bricht in lautes Lachen aus) Ha, ha, ha! zum todtlachen — was doch die alte Tante für wunderbare Grillen im Kopf hat; — das lamentiren? — und das Lermen? — (äft sie nach) O du ehrvergeßnes, gottloses Kind du! (neigt sich) der Himmel verzeih dir diesen sündlichen Gedanken — ha — ha — ha! Jetzt möcht ich doch wissen, was wohl sündliches dabey wäre, wenn man sich einen Mann wünscht? der liebe Gott hätt gewiß nicht so viele schöne Männer beschert, wenn sie nicht alle wegen uns Mädchen auf der Welt wären — ja — ja — wegens uns Mädchen sind sie auf der Welt! (ab.)

Siebenter Auftritt.

Majorin Sternheim mit einem Brief in der Hand, eilt schnell ins Zimmer, hinter ihr **Rittmeister Ingermann.**

Maj. Er wird also kommen, morgen schon kommen? — o lieber Rittmeister! welche freudige Stunde erwartet mich — nach einem langen Jahr ihn wieder zu sehen, den ich so zärtlich liebe — ihn wieder in meine Arme schliessen, den Liebling des Königs — den tapfern Soldaten!

Rittm. Mich freut es gnädige Frau! der Ueberbringer einer so fröhlichen Bottschaft zu seyn. — Ihr Gemahl ist verehrt bey dem ganzen Regiment — eben so liebenswürdig als Mensch, als tapfer er im letzten Feldzug für seinen König stritt.

Maj. O! wenn ich nur so glücklich wäre, den heutigen Tage schneller vorüber gehen zu sehen — morgen erst kömmt er?

Rittm. Morgen schon, gnädige Frau! —

Maj. Und heute noch der lange, ewige Tag — wenn ich nur wüßte, wie ich ihn empfangen, wie ich ihm ein ländliches Fest — seiner Siege würdig — zu seinem Empfange anstellen könnte; rathen sie mir doch, lieber Rittmeister! nehmen Sie Antheil an meinem Vergnügen — Alles im ganzen Dorfe soll morgen jubeln — tanzen — sich freuen. —

Rittm. Die Freude wird ohnehin allgemein seyn, wenn sie ihren künftigen Gutsherrn glücklich und mit Lorbern geschmückt aus dem Felde zurückkommen sehen.

Maj. Aber was fehlt ihnen, lieber Rittmeister! — ihre Stirne runzelt sich willkührlich in Falten, da ich doch jetzt nichts als Freude und Vergnügen in ihrem Gesichte lesen möchte? —

Rittm. O daß ich auch so glücklich wäre, die Wonne des häuslichen Vergnügens in so vollem Grade geniessen zu können.

Maj. Das sollen Sie, lieber Rittmeister! das sollen Sie — werden Sie aber auch in den Armen meiner Schwester glücklich werden? — wird nicht öfters ihre ausgelassene Munterkeit, die geringe Bildung, die Sie blos der lieben Natur dankt, der gesetzteren und ernsthafteren Laune eines Mannes, wie sie sind — entgegen stehen?

Ritt. Glücklich der Mann, der in den Armen eines solchen Naturgeschöpfes die Tage seines Lebens dahinleben kann.

Maj. Hier haben Sie meine Hand — bester Freund! trauen Sie auf meine Unterstüzung — Mimi ist ein Mädchen, das ohne Prunk und Zierde dem Veilchen im stillen Thale gleicht — unvermerkt wandert man vorüber, wird es nicht gewahr, bis man von ohngefähr zurückkehrt, es erblickt — und sich an seinem Wohlgeruche weidet;

Rittm. (küßt ihr die Hand) Dank ihnen für diese herrliche Schilderung eines Mädchens, das ich anbete —

Maj. Erst seit 6 Monaten lebt sie in der Welt, ohne je sagen zu können, daß sie gelebt hat; ihr eingeschränkter Aufenthalt in dem Stift — ihre muntere, frohe Laune, die sich jetzt erst entwickelt — ihr heiteres Wesen. —

Rittm. O dann bin ich ganz glücklich, da ich an der Schwester meines himmlischen Mädchens eine solche Fürsprecherin gefunden habe.

Maj. Die bin ich! Sie sind der Freund meines Mannes, der Liebling meines Vaters — Sie kennen aber auch, bester Freund! die Vorurtheile in Ansehung der Geburt. —

Rittm. (bedenklich) Ja — leider — gnädige Frau! kenne ich diese Grillen — doch, ich kenne ja auch die Grundsätze ihres vortreflichen Vaters.

Maj. Aber doch auch die Grundsätze meiner altadelichen Tante? sie ist die Schwester meines Vaters, eine Frau von grossem Vermögen, deren Steckenpferd ihre Ahnen und Frömmlerey ist — doch dieses alles soll sie nicht an ihrem

Glücke hindern; Sie erwarten ja täglich ihre Familiendocumente aus Liffland?

Rittm. Ja, ja — ich erwarte sie — gnädige Frau!

Maj. Unterdessen verlassen Sie sich auf mich — die lustige, frohe Mimi soll Sie glücklich machen, — ich gehe und schicke sie daher —

Rittm. Beßte gnädige Frau! wodurch verdiene ich so viele Gnade? —

Maj. O daß ich jetzt so glücklich wäre, alle Menschen um mich froh zu sehen! — Bleiben Sie — Rittmeister! — ich mache Anstalt zu dem Empfange meines Gemahls — und wissen Sie, worinn das festliche dieses Augenblickes bestehen soll?

Rittm. Schon ihr vortreflicher Geschmack ist mir Bürge für die Ausführung ihres Planes. —

Maj. Väter und Mütter mit ihren Kindern sollen ihn empfangen! — o wie manche schöne Thräne werd' ich da fliessen sehen für das theure Leben ihres Vaters. — Ja! dieß sey der schönste Empfang! An ihrer Spitze will ich ihm in seine Arme eilen — Gott danken, daß ich nach so vielen Gefahren glücklich ihn wieder sehe — ihn um seinen Segen bitten für seine Unterthanen, und hat er sie gesegnet, Väter und Mütter auffordern, zu erheben die Sprößlinge gegen den Himmel, um aufs neue diese kleinen Geschöpfe der Tugend — und dem Vaterlande zu heiligen. (ab.)

Achter Auftritt.

Rittmeister allein.

Ein vortrefliches Weib! ha! welches Glück wäre mir beschieden in dem Zirkel dieser Familie? (er zieht einen Brief aus der Tasche) Von der Ankunft ihres Vaters, des alten Generals weiß Sie noch nichts — und auch morgen wird er kommen? Morgen also der entscheidende Augenblick meines Lebens — ich passire bey dem Regiment für einen liefländischen Offizier — aber wo sind meine Briefe, die unumgänglich gefordert werden, um das Glück meines Lebens zu gründen? — Wenn ich meinen Stand dem alten General entdecke? sollte er vielleicht auch — nein — er schätzet Verdienste bey dem Soldaten, auch wenn sie ohne Ahnen gesammelt wurden — und — hab' ich ihm nicht vor 6 Monathen das Leben gerettet? Ja! wo mich die Natur im Stammbaume vergaß, will ich ihren Verlust durch Bravour und Rechtschaffenheit zu ersetzen suchen. (will fort)

Neunter Auftritt.

Rittmeister, Buxer.

Buxer. Herr Rittmeister! eine Division vom Libnizischen Regiment ist eingerückt.

Rittm Sie sind doch alle schon unter Dach?

Buxer. Alles ist besorgt!

Ritt. Wie gehts seit gestern mit der Rekrutenaushebung?

Bur. Vortreflich! unsere jungen Bursche brennen voll patriotischem Eifer, für ihren König Leib und Leben hinzugeben.

Ritt. Ist auch nicht anders möglich, deutsches Blut kocht in ihren Adern.

Bur. Sogar Väter von Vermögen bringen ihre Söhne dar. —

Ritt. Burer! du sagtest mir vorhin von deinem Hauswirth, dem reichen Bäckermeister? —

Bur. Er selbst versprach mir baare 50 Gulden, wenn ich seine Frau, des lieben Hausfriedens wegen, bereden könnte, ihr Jawort zu geben — Er will sogar mit Gewalt. —

Ritt. Gewalt? wie verstehst du das Burer? —

Bur. Der Bursche ist Oberknecht bey seines Vaters Gewerbe, aber ein Haasenfuß, dem das Schicksal unverdienter Weise des Vaters Name, aber nicht seine Gesinnungen erben ließ —

Ritt. Ich erinnere mich aber, daß er mir gestern erzählte, — als wenn er schon einen Sohn —

Bur. Vermuthung — blosse leere Vermuthung! er hatte noch einen Sohn, er war ein locker Bursche! — vor 13 Jahren gieng er in die weite Welt, und entfloh aus des Vaters Hause wegen Raufhändeln, ob er noch lebt, und wo er hingekommen, weiß der liebe Himmel —

Ritt. (hart) Kein Wort mehr! Burer! du weißt des Königs Befehl. Es ist der einzige Sohn, keine Gewalt sag ich dir, und wenn dir das Soldatenkuppeln Tausende eintrüge, — oder dieses Gewerbe kostet dein Leben. (ab.)

Zehnter Auftritt.

Buxer, Mimi.

Buxer. Holla! Buxer! nimm Abschied von deinen 50 Gulden, hast indessen dieses Handwerk ehrlich versehen, keinem Vater seinen Sohn durch hinterlistige Mäcklerey gestohlen, sollst auch noch länger ehrlich bleiben. Mein Rittmeister hat recht, dieß hieße dem König Soldaten gekuppelt, und meine Bestimmung ist ja nur, ihm Soldaten zu werben. — Kreuzbataillon! was kommt denn da für ein kindischer Fraze! —

Mimi. (kommt, ohne Buxer gleich zu sehen) Das ist ein Elend mit den alten Frauen. — Wie doch einem bey der Tante die Zeit so lang wird, wenn man so hinhucken, und immer und immer das ewige Einerley von den vorigen Zeiten anhören muß — Ich könnt's wahrlich nicht aushalten, wenn ich nicht immer dabey an meinen Rittmeister dächte, und nicht mein kleines Schooshündchen und meinen Zeissig hätte, mit dem ich indessen spielen könnte. —

Buxer. (leise) Nun da kann sich mein Herr Rittmeister aufs Puppenspielen verlegen, wenn er sich in den Stand der heiligen Ehe begeben will.

Mimi. Ich muß nur lachen, wenn mir das alte Mütterchen die Männer so häßlich schildert, ha, ha, ha! es ist freylich kein Wunder, daß sie es nicht besser versteht; wenn ich einmal so alt bin, wirds auch nicht mehr so gehen wie jetzt — (sieht Buxer, schnell hintereinander fortredend,) Was macht denn er da — er alter Knasterbart! hat er vielleicht ein Briefchen von meinem Rittmeister, geb er her, — (visitirt ihn) oder sag er ihm, geh er gleich zu ihm, daß er eilends daher kommen soll, wo ist denn der Brief?

Bux. (will immer dazwischen reden,) Ob ich — ob ich — so lassen Sie mich nur auch zu Wort kommen — ob ich einen Brief, fragen Sie! — der Teufel soll mich holen, wenn ich nur einen Buchstaben habe — aber das weiß ich, daß der Herr Rittmeister so eben weggegangen.

Mimi. So muß er ihn hohlen — ich hab etwas sehr nothwendiges mit ihm zu reden.

Bux. (will fort, sie hohlt ihn immer wieder zurück.) Gleich soll er da seyn — wenn die Frau Rittmeisterin befiehlt, so wird er Ordre pariren.

Mimi. (Etwas stolz die Hände in die Seite stemmend). Was — was? wie hat er gesagt? — Frau — Frau Rittmeisterin! ach! wie das so allerliebst klingt — wenn also die Frau Rittmeisterin befiehlt, so muß der Herr Rittmeister pariren? —

Bux. Nicht nur der Herr Rittmeister, sogar die ganze Eskadron.

Mimi. Das ist ja allerliebst, wenn ich so viele Leute kommandiren kann.

Bux. Ist denn alles schon richtig, darf ich Glück wünschen — werden sie also meinen braven Herrn Rittmeister heurathen? —

Mimi. Heurathen? der Himmel bewahre — ich will ihn nur zu meinem Manne nehmen. —

Bur. (leise) Nun, da wird was saubers bey der kindischen Hochzeit herauskommen, — (laut) Heurathen und einen Mann nehmen ist ja einerley.

Mimi. Ist das wahr? — ja? — das hab ich nicht gewußt — (lehnt sich auf seine Schultern,) Sag er mir doch, mein lieber Burer! hat er auch schon einmal geheurathet?

Bur. Das versteht sich, das erstemal schon Anno 66.

Mimi. Wie muß einem denn seyn, wenn man heurathet? — (schmeichelnd,) Sag er mir's doch, lieber Alter! es hat mirs noch kein Mensch gesagt, und die alte Tante, die kanns vielleicht wissen, aber die sagts einem nicht.

Bur. (beis.) Das kleine Geschöpfchen bringt mich ordentlich in Konfusion — (laut) Nun, nun! wenn man heurathet, so — so hat man einander gern.

Mimi. (äusserst neugierig,) Nun, nun! es ist schon recht, so hat man einander gern, nur weiter

Bur. Und wenn man einander gern hat, so krabelts ums Herz, und es wird einem dabey warm.

Mimi. Ja gestern — da ist mir recht kurios und warm ums Herz geworden, wie mir der Herr Rittmeister die Hand geküßt, und steif in die Augen geschaut hat; denk er daran, ich habe wirklich geglaubt, ich hab das Herzklopfen.

Bur. Das ist eben die rechte Höhe, wenn einem Mädchen das Herz klopft, so darf das Heurathen nicht mehr weit entfernt seyn.

Mimi. (hüpft — schlägt die Hände zusammen.) Ist das wahr? darf ich heurathen? O dafür muß ich dich küssen. (Sie tätschelt ihm die Wange — Die alte Tante öfnet die Kabinetsthüre und schlägt die Hände zusammen.)

Eilfter Auftritt.

Vorige, Rosalie.

Ros. Hilf Himmel! was muß ich erleben!
Mimi. O weh — die alte Tante! — (schnell ab.)
Buxer. Die Alte kommandirt — Links umkehrt euch — Marsch! (ab.)
Ros. (allein — mit gefalteten Händen — sich verneigend) Gott verzeih mir die Sünde, was hab ich gesehen? — Das Mädchen ist ja mannsüchtig — ein gnädiges Fräulein — mit einem Soldaten? und noch dazu mit einen Cavalleristen. — Ich muß nur machen, daß sie aus dem Hause kömmt, oder wir erleben Greuel und Spektakeln in unserer Familie. (ab.)

Zwölfter Auftritt.

(Zimmer in Badlingers Hause. — Im Hintergrund ist der Backofen zu sehen. — Tisch, Stühle, Beckergeräthschaften. — Multe, Körbe, ɾc.) Peter hat den Kehrbesen in der Hand, steht vor dem Ofen, und reiniget denselben, auf der Seite sitzt **Anna** mit Be.ikan. —

Anna. Wie ich ihm sag, Herr Belikan! es soll sein Schade nicht seyn — mach er nur, daß m ein Sohn nicht assentirt wird.

Belik. Das wird wohl nicht mehr verhindert werden können — warum hat es ihr Mann auch wegen ihrer Tochter verderben müssen.

Peter. (arbeitet fort) Ich laß mich nicht assentiren — das weiß ich — eh' brech ich mir die Zähn' aus dem Maul, da kann ich hernach keine Patrone mehr abbeissen.

Anna: Du lieber Himmel! wollte der Mensch auf unser Gewerb heurathen — und jetzt soll er Soldat werden.

Peter. Frau Mutter! es kann Soldat werden, wer will — ich brauch meine graden Knochen zum heurathen. — (wie er den Vater kommen sieht, arbeitet er fleißig fort.)

Dreyzehnter Auftritt.

Vorige, Baldinger.

Bald. Nun! nun! ist wieder die ganze Gesellschaft beysammen! hab's wieder brav losgezogen über euren Vater, der es so ehrlich und gut mit euch meynt. — Wie ist's denn mit dir Bursche! (Peter erschrickt) auf einmal so fleißig?

Peter. (trozend) Iſt's etwa nicht recht? wenn ich nir thu, ſo thut's kein Menſch — die Verkenntnungen ſind alle den Soldaten nachg'lauſen — jetzt muß ich den Ofen putzen. (er arbeitet fleißig fort.)

Bald. (ſetzt ſich) Peter! — (Peter ohne zuhören — laut) Peter — ſag ich! —

Peter. (eben ſo) Wenn ich ein Narr wär, daß ich ihm eine Antwort geb, ich weiß ſchon, was er will. —

Anna. So laß ihn nur gehen — du ſiehſt ja, wie er ſo emſig iſt — es wär Jammerſchad, wenn uns der Menſch aus dem Haus käm, unſere ganze Handthierung gieng zu Grund.

Bald. Iſt das wahr? wärs Jammerſchad, ſeit wenn iſt denn der Kerl ſo emſig? (ſchreyt) Peter!

Peter. (erſchrickt, läßt den Beſen fallen) Herr — Herr Vater!

Bald. Da geh her — (Peter kommt herfür) Bis um 11 Uhr iſt Aſſentirung auf dem Gemeinhaus — geh jetzt fort, und zieh dich ſauber an. —

Peter. Ich muß aber den Backofen putzen — ich kann mich nicht anziehen.

Bald. Iſt heut noch lang Zeit — kample dir das Haar hübſch durch, Peter! (macht ihm das Haar zurecht) damit du doch ein bißl etwas gleich ſiehſt — und wenn du mir mit dem Rekrutenröckl nach Haus kommſt, ſchenk' ich dir 10 Thaler in die Taſche.

Peter. Ich brauch nichts in die Taſche — das ſag ich gleich — ich geh auch nicht fort — ich bleib da.

Bald. Wenn ichs aber befehl, du Spitzbub! die Obrigkeit hat dich verlangt, und der Obrigkeit muß man gehorchen.

Anna. Aber, lieber Michel! es kostet dich ja nur ein Wort, so ist unser Sohn frey — er wird gar nicht assentirt.

Peter. Ich laß mich nicht assentiren — (laut weinend) Ich bin der einzige Sohn — ich muß heurathen, muß d'Wirthschaft übernehmen. —

Bald. Was — du mein einziger Sohn? hast deinen Bruder Christoph schon ganz aus der Liste der Lebendigen ausgestrichen? er wird schon einmal wieder zurückkommen!

Peter. Ey ja wohl, Herr Vater! der kommt nimmer zurück — den haben schon längstens die Türken aufgefressen — und wie ich halt immer sag: s'heurathen wär mir halt viel lieber, als Soldat werden.

Bald. (nimmt ihn an der Hand) Komm du mit mir Peter! das ist ein schlechter Unterthan, der seiner Obrigkeit nicht gehorcht; — aber ich will dem Herrn Amtmann beweisen, daß es mir eine Ehre ist, dem König einen Sohn zum Dienst des Vaterlandes liefern zu können.

Peter. (weint laut, verbirgt sich hinter die Mutter) Ist das nicht ein verdammter Streich — mit alter Gewalt prügelns einen zum Soldaten. — (Beyde ab.)

Vierzehnter Auftritt.

Anna und Belikan.

Anna. Jetzt da geht er fort, der alte Seelenverkäufer! (*weint.*)

Belik. Der gute Mann hat sich's nun einmal in den Kopf gesetzt, ein guter Unterthan zu seyn.

Anna. Und ich büße dabey meinen noch einzigen Sohn ein.

Belik. Das ist wahr, die Frau ist dabey am übelsten daran.

Anna. Ach! mein lieber Herr Belikan! soll denn gar kein Mittel auf der Welt seyn, um meinen Sohn retten zu können?

Belik. (*die Achsel zuckend*) Flüchten — verbergen — ihn heimlich aus dem Land schicken, wie es so viele machen.

Anna. Das ist aber jetzt alles schon zu spät.

Belik. Oder eine kleine Spendagi zur rechten Zeit—und an den rechten Mann—diesem und jenem — wer halt mit dem Rekrutiren zu thun hat.

Anna. Ach! du lieber Himmel! wenn das angänge — wir haben drinn in unsrem Kasten 100 alte Leopoldithaler.

Belik. (*wird aufmerksam*) Hundert alte Leopoldithaler? —

Anna. Diese wird mein Mann nicht leicht vermissen — und die 100 Thaler würd' ich dar-

für unsern König!

schmücken, wenn ich meinem Sohn vom Soldatenleben befreyen könnte:

Belik. Hundert — hundert Leopoldithaler hat sie gesagt, Frau Beckenmeisterin? — (sich besinnend) wie wär es, wenn — aber sie müßte mich nicht verrathen — ihr Sohn muß vorher chirurgisch untersucht werden — und das thu ich — denn es ist kein anderer Chyrurgus im Ort. —

Anna. Und was hernach? —

Belik. Wie? —wenn ich ihn für untauglich erklärte — mein Attestat hat Fides —

Anna. Und was geschieht hernach nach dem Fides?

Belik. Ihr Sohn wird nicht angenommen.

Anna. Könnte das so gehen ohne Spitzbüberey? —

Belik. Auf die ehrlichste Art von der Welt — hohl sie nur die 100 Leopoldler — es wird schon gehen.

Anna. Ach — dem lieben Himmel sey gedankt! — ich will auch gleich das Geld hohlen — den Gedanken hat ihm ein guter Geist eingegeben. (ab in die Seitenkammer)

Funfzehnter Auftritt.

Belikan, Mariechen.

Belik. Hundert alte Thaler? ein Sümmchen, das sich schon der Mühe lohnt, eine solche kleine Spitzbüberey auszuüben.

Mar. (eilt schnell herein) Ach lieber Herr Belikan! ist er da? hat er meinen Bruder nicht gesehen? dem Vater ist er von der Seite entsprungen, da er jetzt mit ihm auf das Gemeinhaus gehen wollte.

Belik. Sie erschreckt mich, mein liebes Mariechen! er wird sich doch kein Leid angethan haben — man hat Beyspiele, daß sich Leute aus eitler Desperation ums Leben gebracht haben. —

Sechszehnter Auftritt.

Vorige, Anna mit einem Geldsak.

Anna. (heimlich zu ihm) Hier bring ich die Thaler — jetzt geh er hurtig nach Haus, und schreib er sein Fides —

Belik. Sey sie ohne Sorgen, Frau Beckermeisterin! Daß müßte doch mit dem Teufel zugehen, wenn durch diese alten Münzen keine Erlösung von der Muskete möglich wär. (ab.)

Siebenzehnter Auftritt.

Anna, Mariechen, Peter halbangekleidet mit Lenchen.

Anna. Das ist ein Elend mit deinem Vater! — den Jungen mit aller Gewalt unter die Soldaten zu stecken?

Peter. (eilend) Mutter! kommt mir zu Hilfe wenn mich der Vater erwischt, schlägt er mir Arm' und Bein' entzwey!

Lench. Und ist das wahr, daß du Soldat werden willst? du ehrvergeßner Mensch du! (schmeichelnd) Und du könntest mich verlassen?

Peter. (weinend) Ich will dich nicht verlassen, ich möcht ja lieber heut noch mit dir verbandelt seyn — so sey nur still, und flenn nicht — (in lautes Weinen ausbrechend) Frau Mutter! ich kann unmöglich ein Soldat werden, ich will lieber d'Lenerl heurathen. (Man hört Baldinger.)

Anna. Hilf Himmel! jetzt kommt der Alte — was fangen wir an?

Pet. Nun jetzt werd' ich's kriegen — ich bin ihm davon gelaufen — und wenn er mich sieht, so ist der Teufel los.

Mariech. Versteck dich in die Kammer —

Lench. Oder unter das Bett — (sie wollen ihn hineinzerren.)

Pet. Wenn er mich aber da findet — ich wollt lieber, daß ich in den Backofen schlupfen könnte. —

Anna. Richtig in Backofen — da findt er dich gewiß nicht. —

Lenerl. Geh her — schlupf hinein.

Beyde. Hinein — hinein! — (Sie schieben ihn hinein.)

Achtzehnter Auftritt.

Vorige, Baldinger angekleidet.

Bald. Das ist ein Spitzbub! lauf so in

Gedanken voraus — kaum sehe ich mich um, hat ihn der Teufel schon davon gehabt.

Len: (weint in die Schürze). Ja — ist auch nicht schön, daß der Herr ein ehrliches Mädchen so anführt — was werden jetzt die Leute sagen — Alles glaubt schon im ganzen Ort, ich sey eine Braut — hi, hi, hi! —

Bald. Laß das gut seyn, Lenchen! Herren-Dienst geht vor dem heurathen — ich heb euch meine Wirthschaft auf — nach dem Krieg könnt ihr heurathen, so lang ihr wollt — wenn ich nur wüßte, wohin sich der Spitzbube verlaufen hat. — (Peter öfnet die Thür, gukt heraus.)

Anna. Vielleicht hat er sich gar ein Leid angethan, dann hasts hernach auf dem Gewissen.

Bald. Der Kerl wird doch kein Narr seyn!

Peter. (schaut heraus, für sich.) Ich bin gut aufgehoben — ein Narr wär ich — wenn ich heraus schlüpfte —

Neunzehnter Auftritt.

Vorige, **Amtmann** mit 2 **Schergen. Becker-jungen.**

1ter **Becker.** (von auffen) Kein Mensch ist da drin — also bleib' er heraus, Herr Amtmann!

2ter Sapperment! da kommt er nicht hinein —

Amtm. Wollt ihr fort, ihr Schlingel! (tritt ein) Heißt das den obrigkeitlichen Befehl vollzogen? Meynt er etwa, Herr Beckermeister! daß ich sonst keine Geschäfte habe, als die Bursche im Dorfe zusammenzuholen, um sie zur Assentirung zu stellen? he da! visitirt das Haus und bringt ihn an die Behörde —

Bald. Was — Herr. (aufgebracht) So wird des Königs Befehl beobachtet? Schelme und Diebe kann er einführen lassen, aber nicht des Königs Unterthanen. Das ist die Art nicht, dem König Rekruten zu verschaffen.

Amtm. Nicht viel raisonirt — (zu den Schergen) erfüllet eure Pflicht!

Baldin. (stellt sich vor die Thüre) Zum Teufel — Herr! da kommt mir kein Mensch hinein. — Ist das eine Art, die jungen Leute zu gewinnen, für's Vaterland zu streiten? Soll das der Anfang seyn, Leute aufzusuchen, die einmal Offiziere werden können — Herr! pack er sich mit seinen Leuten aus dem Haus, oder bey Gott! ich vergesse heute zum erstenmal, die Pflicht, die ich meiner Obrigkeit schuldig bin. —

Peter. (schaut heraus) Wenn sie nur den Herrn Vater einführten, das thät mich freuen —

Scherge. Herr Amtmann! da ist der Delinquent! — (sie halten ihn am Kopf.)

Amtm. Im Backofen — was? solche Schurkereyen gehen hier vor?

Bald. Was — mein Junge im Backofen! —

Peter. Ja — da bin ich — wer kann dafür, daß der Herr Vater solche Spektakeln treibt — (sie ziehen ihn heraus, er ist im Gesicht und Kleidern schwarz.)

Bald. Herr Amtmann! — ich stehe mit Haus und Hof für meinen Sohn — aber bey Gott! durch Schergen laß ich mir meinen Sohn nicht fortführen — das leid ich nicht. —

Amtm. Fort — marsch — wer wird da so viele Umstände machen — (Die Schergen wollen Peter fortführen. Die Weibsleute verhalten ihnen die Thür — Lärmen)

Bald. Ich — der ich ein ehrlicher Mann bin. — (schleudert den Amtmann an den Tisch, mit dem er zu Boden fällt) (Der Vorhang fällt)

Zweyter Aufzug.

Erster Auftritt.

(Zimmer in Baldingers Hause) Anna, Wachtmeister Buxer.

Anna. Ach! mein lieber Herr Wachtmeister! wär denn gar kein Mittel übrig, den Alten wegen unserm Sohn auf bessere Gedanken zu bringen?

Buxer. Wie soll denn der alte Baldinger noch auf bessere Gedanken gebracht werden, als wenn er seinen Sohn dem König in die Versorgung giebt?

Anna. Ist es doch oft mit dem Mann, als wenn er von dem bösen Feind besessen wäre.

Buxer. Warum? liebe Mutter! weiß sie, daß mir ihr Mann sehr gefällt.

Anna. Mir gefällt er auch — und so alt er ist, so bin ich ihm doch gut, und es geschieht oft, daß ich in den alten Brummbär noch recht verliebt bin.

Buxer. Er ist ein guter, wackerer Bürger — ein getreuer Unterthan.

Anna. Ja leider, daß er das ist — der gottlose Mann! er hat meinen Sohn sogar selber auf das Bürgerhaus geführt —

Buxer. Desto besser! da kann er gleich unter des Vaters Seegen gestempelt werden.

Anna. Ach lieber Herr Buxer! ich hätte freylich so einen guten Gedanken — wenn ich nur wüßte, daß ich mich ihm anvertrauen dürfte —

Buxer. Und warum nicht — ich will so verschwiegen seyn, wie ein Fisch. — Nur heraus mit dem Geheimniß. —

Anna. Ich hab schon gehört, wenn man etwas spendirt, daß man es wohl dahin bringen kann, daß die Bursche gar nicht angenommen werden.

Buxer So! hat sie das gehört — Frau Beckenmeisterin!

Anna. Und da seh er, wir sind nicht arm, Gottlob! haben etwas vor uns gebracht — unsere Kinder finden schon einmal etwas bey dem

Auskehricht, wenn wir sterben; wie wär es, wenn ich ihm 50 Gulden verspräche —

Buxer. 50 Gulden — mir? (*beyseite*) Eine wunderbare Haushaltung! der Vater verspricht Geld, wenn der Sohn Soldat wird — die Mutter, wenn man ihn davon befreyt —.

Anna. Und seh er, da hab' ich auch schon das Geld — hier in diesem Beutel (*hält ihm einen Beutel dar*)

Buxer. (*reißt ihr den Beutel aus der Hand*) Weib! wenn du nicht Mutter wärest, dieses niederträchtige Anerbiethen könnte machen, daß ich dich hassen müßte — Schurken duldet dieser Rock nicht — denn er ist des Königs Uniform; such dergleichen Leute anderswo, aber unter des Königs Soldaten nicht. (*wirft ihr den Beutel vor die Füsse, welchen sie schnell aufhebt und verbirgt — er will fort, stellt sich zurück. Baldinger öffnet die Thüre.*)

Zweyter Auftritt.

Vorige, Baldinger.

Bald. (*voll Freude*) Nun endlich hab' ich den Burschen dahin gebracht — wenn sie ihn nehmen, und er heute noch in des Königs Uniform zurückkommt, so geb' ich 2 Eimer Wein her, und seine braven Kriegskameraden müssen hier auf meinem Zimmer des Königs Gesundheit trinken — und ich trinke mit — und singe, und tanze — und —

Buxer. (*kommt herfür*) So voller Freude, mein lieber Baldinger! ist es mit seinem Sohn richtig?

Bald. Noch nicht — ha, ha, ha! soll aber werden, wills Gott — der Amtmann wollte mir ihn durch die Schergen abhohlen lassen — ich hab aber den Amtmann einstweilen in mein Zimmer eingesperrt.

Anna. Ja — ja — nur Geduld — der Herr Amtmann wird dirs geben, ist dir ohnehin aufsässig — kann dich nicht leiden. —

Bald. Ist das wahr — kann er mich nicht leiden? — Das ist ja die größte Ehre für mich — denn wenn ein Schurke einen ehrlichen Mann nicht leiden kann, da läßt sich leicht die Ursache erklären, warum —

Buxer. (leise) Wahrlich ein besonderer Mann! (laut) Baldinger! ihr äussert Grundsätze —

Bald. Als wenn der Bürgersmann nicht Gesinnungen äussern dürfte, die ihm die liebe Vernunft zu äussern befiehlt. Lassen wir das gut seyn — (hohlt Annen herfür) Komm her, Mutter! warum stehst du denn so in der Ecke dort, als wie ein Junge, der seine Lection nicht kann — geh her — kann mirs denken, daß du bey dem Herrn Wachtmeister da wacker über mich losgezogen hast — (Anna winkt Buxer, nichts zu entdecken.)

Buxer. Nun — nun — war — war eben nicht so arg — wir wissen ja, die Weiber haben ihre Grillen, besonders — wenn man den Muttersöhnchen ein bißl zu nahe kommt — ha, ha, ha! — Lebt wohl, Alter! mich ruft der Dienst Baldinger! den lieben Hausfrieden nicht vergessen. (ab.)

Dritter Auftritt.

Anna, und Baldinger.

Bald. Sieh! — gutes Weib! ich hab dich so lieb — hab in meinem Leben die Stunde schon oft gesegnet, worinn du mir deine Hand gabest — du weißt, Mutter! bin immer ein bißl gähzornig, brumm bisweilen den lieben halben Tag — thu aber keinem Menschen dabey etwas zu leide. —

Anna. Ach lieber Michel! brumm du fort, so lang du willst, wenn ich dich nur noch ein 40 Jahrln brummen hörte; (schmeichelnd) wenn du nur wegen unserm Sohn —

Bald. Eben das ist der Artikel, der in unsern Ehestandsprotokoll ein kleines Riß mit sich führt — Geh her — Anna (setzt sich) Laß doch vernünftig mit dir reden; Hör einmal, wenn unser Haus und Hof von Dieben und Räubern umrungen wird, wenn sie einbrechen — uns plündern — vielleicht uns gar unser Leben nehmen wollen — wer soll uns beschützen — wer soll sich zur Gegenwehr stellen? — ich — oder du — die wir beyde abgelebte, schwache Menschen sind? werden wir nicht rüstige, starke Männer aufsuchen, um uns zu vertheidigen und unsre sauer erworbene Habe zu beschützen?

Anna. Nun freylich. —

Bald. Sieh — unser Haus und Hof ist jetzt das Vaterland. —

Anna. Nun — für Geld giebt es ja Leute genug im Ausland. —

Bald. Für Geld — der Soldat dient nicht für Geld, er dient für die Ehre — und ist nicht ein Unterthan, der für sein eigenes Vaterland streitet, wenn es in Gefahr ist, mehr werth, als 10 Miethlinge? — Nein, Mutter Anna! wir alten Leute gehören der Erde, und unsere Söhne gehören dem Vaterland.

Anna. Unser Peter weiß aber noch gar nichts, wie es im Feld zugeht —

Bald. Mein Sohn weiß, das ein Gott im Himmel, und ein Teufel in der Hölle ist, und da weiß er genug; das zu viel wissen macht unglücklich — mehr sag' ich dir jetzt nicht — also Punctum (will fort) mein Sohn wird Soldat.

Anna. Wie wär es denn, lieber Michel! wenn wir unsern Peter auf das Gewerb schreiben liessen — das wär so eine gute Wendung — dächte ich —

Bald. Und ich denke, das wär eine schlechte Wendung.

Anna. Warum? —

Bald. Weil ich durch diese Wendung den König betrüge.

Anna. Wenn wir aber krank werden, so haben wir gar Niemand, der uns pflegt, wenn wir sterben, niemand, der uns die Augen zudrückt. (weint.)

Bald. Haben wir denn nicht eine Tochter — und hätten wir auch diese nicht, Mutter! Wohlthun trägt Zinsen, die armen Leute im Dorfe, denen wir Gutes thaten, werden sich gewiß an unserem Sterbelager einfinden, um uns mit ihrem frommen Seegen in die Ewigkeit hinüber zu schicken. — (beide ab)

Vierter Auftritt.

(Zimmer in des Generals Schlosse, mit 2 Kabinetthüren,) **Mimi** und die **Tante.** Letztere führt Mimi aus dem Seitenkabinet.

Tante. Komm du nur mit mir; da in diesem Zimmer sollt du bleiben, einschliessen will ich dich, nicht mehr von meiner Seite sollst du mir kommen. —

Mimi. Nun ja! das wär schön, liebes Tantchen! wenn ich so den ganzen Tag bey ihnen Schildwache stehen müßte; nein! das kann ich nicht aushalten; das sag' ich gleich! ich bin lang genug eingekerkert geweßt, jetzt will ich auch freye Luft geniessen.

Tante. Das soll dir auch erlaubt seyn, aber allein laß ich dich nicht mehr; wenn ich meinen Mittagschlaf gehalten habe, kannst du mit mir in dem Garten spaziren gehen. —

Mimi. Ach liebe Tante! mit ihnen hab ich im Garten gar keine Freude. —

Tante. So! und warum? —

Mimi. Sie gehen mir als viel zu langsam und bedächtlich! bey ihnen heißts immer, (sie schleppt die Füsse nach, wankt langsam umher) Hübsch langsam, hübsch langsam, damit du dich nicht echauffirest, (munter,) und ich, wenn ich die bunten Schmetterlinge fliegen sehe, möcht' ich ihnen über Häck und Stauden nacheilen, um sie zu erhaschen.

Tante. O du gottloses Kind! —

Mimi. Und dann, liebes Tantchen! ihr Diskurs dazu! wer wird denn das so lang anhören können? glauben Sie denn, ich sey noch ein Kind, daß sie so albernes Zeug an mich hinplaudern müssen. —

Tante. Jetzt hör ein Mensch den Gelbschnabel an. —

Mimi. Das Sie aber das ewige Hofmeistern nicht lassen können: habs ihnen doch schon so oft gesagt, sie sollen sichs abgewöhnen; da gehts immer (in der Tante Thon,) Mimi! Mimi! wenn wirst du denn einmal anfangen, klüger zu werden? — Kindskopf, der du bist, bist schon so alt und noch so läppisch! und was Sie gestern für einen Lärm schlugen, da ich mit des Kutschers Kindern unten in dem Hof auf dem Stecken ritt — hopp, hopp, hopp, hopp! und patsch lag ich auf der Nase. —

Tante. Ist dir schon recht geschehen, hi, hi, hi!

Mimi. Ja, da waren Sie daran Schuld, liebe Tante! Sie haben mich erschreckt, und wissen Sie auch, daß man allerhand Zustände bekommen kann, wenn man so erschreckt wird.

Tante. Damit du nicht mehr erschreckt wirst, sollst du auch immer, bis dein Vater zurückkömmt, unter einer gewissen Aufsicht stehen; ich habe dem Stephan Befehl gegeben, dich nicht aus dem Hause zu lassen.

Mimi. Dem Stephan! (lacht aus vollem Halse,) ha, ha, ha! nun, wenn der mein Ehrenhüter ist, dem komm ich gewiß aus.

Tante. So! so! und wie das, he! du schnippisches Mädchen du!

Mimi. Ey! möchten Sie es gerne wissen! den dummen Jungen will ich schon überlisten.

Fünfter Auftritt.

Vorige, Stephan.

Steph. (trägt einen altmodischen Frauenzimmer-Anzug in der Hand, oben darauf liegt ein schwarzes Sammethäubchen,) Da bring ich der gnädigen Frau ihre Sonntags-Equipage! ich habe alles ausgeputzt, und ausklopft, und herg'stammpert, daß es so neu aussieht, wie vor 40 Jahren.

Tante. (leiser) Stephan! du weißt, was ich dir vorhin aufgetragen habe, wegen meiner Nichte!

Steph. Seyns unbesorgt, gnädige Frau! s'ist mir noch nie nichts entwischt, das müßt mit dem Teufel zugehen, wenn mir die Fräule entwischen sollte.

Tante. Du bleibst hier, Mimi! bis ich wieder zurückkomme, Stephan! du verstehst mich, (ab ins Kabinet,)

Sechster Auftritt.

Mimi, Stephan.

Steph. Versteh's schon! versteh's schon! (legt die Kleider auf den Tisch,) wollen einmal die Thür zuschlieſſen. — (ſchließe die Thüre,)

Mimi. Wo willſt du denn hin, Stephan! gehſt du ſchon fort?

Steph. Ey ja wohl, ich bleib da.

Mimi. Was thuſt du denn, Stephan?

Steph. Ich thu halt was! (für ſich,) durchs Schlüſſelloch wirds mir doch nicht echapiren können.

Mimi. Marſch fort, Kerl! ich will allein ſeyn.

Steph. Darf nicht, kann nicht ſeyn.

Mimi. (aufgebracht,) Wenn ichs aber befehle, wenn ichs haben will, marſchir deiner Wege.

Steph. (Schnupft ganz bedächtlich Taback,) Kann halt doch nicht ſeyn.

Mimi. (ſchüttelt ihm den Kopf,) Fort, ſollſt du! haſt du mich gehört?

Steph. (läßt die Doſe fallen.) Nun, ich ſags ja! keine Ruhe haben die Leute in dem Haus, (bückt ſich gegen die Erde und hebt den Toback auf) Es iſt mir nur wegen meinem Tobak! es iſt mir nicht wegen der Ohrfeige, (ſchnupft von der Erde auf.)

Mimi. (nimmt der Tante ihr Kleid und wirft es über Stephan her, bis ſich dieſer herauswickelt, ſucht ſie die Thüre zu öfnen, die Majorin kömmt,) Biſt du es, Schweſterchen?

Steph. Nun, nun: was ist den jetzt das für eine Spitzbüberey? —

Siebenter Auftritt.

Vorige, Majorin öfnet die Thüre.

Mimi. Ach dem Himmel sey Dank, daß du da bist, liebes Schwesterchen!

Steph. Jetzt da sehens Euer Gnaden selber, was für Spektakeln mit mir treibt, das gnädige Fräulein. (Mimi lacht,)

Majorin. Pfui Schwester! deine Zeit mit so kindischen Unterhaltungen zuzubringen! (hart.) Pack dich fort, Stephan!

Steph. (der alles wieder in seine Ordnung gelegt hat) Ich muß aber —

Majorin. Ich befehle!

Steph. Meinethalben! (zu Mimi,) zur Hausthür kommens mir halt doch nicht hinaus. (ab.)

Achter Auftritt.

Majorin, Mimi.

Majorin. Dich mit den Hausleuten so gemein zu machen, pfui!

Mimi. (weint,) Hi, hi, hi! — Ach! ich bin auch ein recht unglückliches Mädchen! —

Majorin. (*bestürzt*) Du unglücklich? Warum unglücklich! —

Mimi. Ein, ein, eingesperrt hat mich die garstige Tante! (*lacht aus vollem Halse*) und ha! ha! ha! hat mir dem dummen Stephan zum Wächter daher gestellt, ha, ha, ha! —

Majorin. Nun, vielleicht hat die Tante Ursach dazu! hör einmal, Mimi! laß einmal ernsthaft mit dir reden — (*sie setzt sich*)

Mimi. Ernsthaft — ach liebes Schwesterchen! mit mir wirst du wohl nicht viel ernsthaftes reden können.

Majorin. Mimi! du bist verliebt, wie ich höre? —

Mimi. (*mit einem tiefen Seufzer schnell*) Ach ja, das bin ich, und das noch dazu entsetzlich verliebt.

Majorin. Nun, wenn man verliebt ist, so muß man heurathen.

Mimi. (*schnell*) Nun das ist's ja eben, was ich will — (*küßt sie*) Ach ja, liebes, schönes Schwesterchen! mach ja, daß ich bald heurathen darf.

Majorin. Du bist aber beynahe zu jung zum heurathen.

Mimi. Werde aber auch alle Tage älter, und hast du doch auch zeitlich geheurathet, Schwesterchen!

Majorin. Aber du bist noch viel zu kindisch dazu.

Mimi. Ey, das glaubst du nur; sobald ich einen Mann habe, werd' ich schon gesetzter werden.

Majorin. Der Herr Rittmeister Ingermann liebt dich!

Mimi. O das weiß ich, das hat er mir schon oft gesagt.

Majorin. Es ist aber nicht immer darauf zu gehen, was die Männer den Mädchen vorsagen.

Mimi. Das kann schon seyn, aber mein lieber Rittmeister kann nicht lügen.

Majorin. Du weißt aber, Schwester! wie sehr unsere alte Tante darauf bedacht ist, ihre Anverwandte mit adelichen Häusern zu verbinden — dein Ingermann ist ein rechtschaffener, biederer Mann, ein tapferer Soldat. Mimi! wenn dein Rittmeister nicht vom Adel wäre?

Mimi. Ich sag dir aber, liebes Schwesterchen! mein Rittmeister ist von Adel, sonst könnt' er ja unmöglich so artig und so liebenswürdig seyn.

Majorin. Oder wie? wenn du noch einige Jahre warten wolltest, bis dahin ist dein Irgermann vielleicht Major.

Mimi. Warten kann ich schon gar nicht, liebe Schwester! und mir — ha, ha, ha! — was liegt denn mir daran, ob mein Ingermann Major oder Rittmeister ist.

Maj. Nun so versprech ich dir meine gänzliche Unterstützung — sobald unser alter Vater zurückkommt, wollen wir ihm sein Jawort abbringen, und du sollst Frau Rittmeisterin werden. (ab.)

für unsern König!   49

Neunter Auftritt.

Mimi allein, hernach **Stephan** und die **Tante**.

Mimi. Auf einer Seite wär' also der Handel richtig! wenn nur die Tante keinen Querstrich dazwischen macht; — Wenn ich jetzt nur gleich zu meinem lieben Ingermann hinfliegen könnte; der dumme Stephan hält unten Schildwache am Thor, und läßt mich nicht hinaus; die Tante schläft (*sie erblickt der Tante Kleider*) Wie? wenn? es wird ja schon Abend, richtig — die Kleider nimm ich auf mein Zimmer. Ich glaube gar, ich höre jemand, husch mit hinein. So will ich doch sehen, ob ich die alte Tante nicht betrügen kann. (*ins Kabinet ab*)

Zehnter Auftritt.

Stephan steckt den Kopf zur Thüre herein.

Niemand mehr da? schau, schau! wo mag denn die gnädige Frau mit dem Fräulein hinkommen seyn? — Die alte Tante hat mir g'schaft, daß ich da Schildwach stehen soll; Ob ich jetzt Schildwach steh, oder ob ich Schildwach sitz, wird alles eins seyn, genug, das Fräulein passirt da nicht durch. — (*setzt sich*)

Eilfter Auftritt.

Stephan, die **Tante** aus dem linken Kabinet.

Tante. Wo ist denn das Mädchen? (*sieht sich um*) Hast du sie vielleicht ausgelassen? —

D

Steph. Nix hab ich ausg'lassen; aber da ist die gnädige Frau kommen die Frau Majorin, und hat mich fortg'schafft, da bin ich aber stehen blieben vor dem Hausthor, und ein Schelm will ich seyn, wenn mir der Vogel ausg'flogen ist. —

Tante. So ist sie vielleicht auf ihrem Zimmer, nimm das Licht, Stephan! und leuchte (*ruft*) Mimi! Mimi! —

Steph. Gleich, gnädige Frau! (wie er die Kabinetthüre öfnet, kommt Mimi, in der Tante Kleid mit dem schwarzsammtnen Häubchen, im Gesicht gepudert, mit gravitatischem Tritt — springt endlich, wie sie beyde auf der Erde liegen sieht, mit vollem Lachen ab.)

Tante. Hilf Himmel! mein Geist! — mein Geist! (*sinkt zu Boden*)

Steph. (*eben so*) zu Hülfe! — zu Hülfe! — o weh! das ist der ledige Satanas! — (*er hebt den Kopf*) gnädige Frau!

Tante. (*eben so*) Stephan! bist du noch da? — (wie beyde die Thüre öffnen sehen, verbergen sie wieder ihre Gesichter) Alle gute Geister!

Zwölfter Auftritt.

Vorige, Majorin bringt **Mimi** an der Hand.

Majorin. Wo willst du denn hin; in dieser Vermummung? —

Mimi. Du hättest mich ja nicht erkennen sollen, liebes Schwesterchen! zu meinem Herrn Rittmeister hab ich geschwind gehen wollen. —

Majorin. (*sieht beyde auf der Erde*) Was ist denn hier geschehen? — Tante! sind sie vielleicht unpäßlich? —

Mimi. Ey, der Himmel bewahr, es fehlt der Tante nichts, nur ein bischen erschreckt hab' ich sie.

Steph. (hebt den Kopf in die Höhe, erkennt Mimi) Ha, ha, ha! was wir doch in der Angst für ein paar Esel sind.

Majorin. Tante! liebe Tante! (hilft ihr auf) Erhohlen Sie sich.

Tante. (Erkennt Mimi) O du ehrvergeßnes, gottloses Kind du! — der Himmel vergeb dir diese Sünde; hab geglaubt, es sey mein leibhafter Geist, der Schlag hätt' mich auf der Stelle treffen können.

Mimi. (lacht aus vollem Hals) Sehen Sie nun, da hilft alle ihre Vorsicht nichts, wenn wir Mädchen betrügen wollen.

Majorin. Kommen Sie, liebe Tante! auf mein Zimmer, und erhohlen Sie sich von ihrem Schrecken.

Tante. O ihr gottlosen Kinder, ihr! lauter Frevelthaten, dafür einen der Himmel in Gnaden bewahren wolle. Führ mich, liebe Majorin! der Schrecken bringt mich 20 Jahre früher unter die Erde. (Majorin führt sie ab)

Steph. Daß das Fräulein ein altes Weib so erschreckt hat, darüber verwundere ich mich nicht, aber mich, den Stephan so zu erschrecken, das (er sieht nach der Kabinetsthüre, erschrickt — eilt ab) das ist zum davon laufen. (ab)

Dreyzehnter Auftritt.

(Baldingers Zimmer) **Baldinger** kommt von der Seite, hernach **Anna**.

Bald. (die Kastenschlüssel in der Hand) Kurios! hab doch erst vorgestern, die 100 alte Thaler in der Hand gehabt, und jetzt weiß der Henker, wo sie stecken; den Schlüssel zum Wäschkasten hat sonst kein Mensch als ich und mein Weib.

Anna. (aufgeräumt) Bist du da, lieber Michel! (schmeichelnd) Sieh, ich bin dir auch so gut, so gut — es ist mir grad wie vor 40 Jahren, wie wir das erstemal einander geheurathet haben.

Bald. Ist dir's so, wie vor 40 Jahren? so so — wie kommt's denn, daß du auf einmal so lustig und aufgeräumt bist? hast dich vielleicht anders bedacht wegen unsrem Sohn?

Anna. Nun freylich, was will ich denn auch machen; ihr Männer müßt doch zuletzt euren Willen haben — (bey.) Wenn er wüßte, daß Peter durch den Herrn Belikan schon befreyt ist.

Bald. Gieb mir deine Hand, alte Mutter! und wenn dein Sohn zurückkommt in des Königs Montur, so gieb ihm deinen Segen, so wie ich ihm den meinigen gebe, — denn Vatersegen bauet den Kindern Häuser, und Muttersegen verpanzert die Herzen ihrer Söhne vor den feindlichen Kugeln; (setzt sich) Nun wär also auch dieses abgethan, — also von etwas anderem; Komm einmal her, alte Mutter! hast du vielleicht gestern oder heut den Schlüssel stecken lassen zu deinem Wäschkasten?

Anna. (bestürzt) Den, den Schlüssel, zum Wäschkasten sagst du? ob ich den hab stecken lassen?

Bald. Du weißt doch, daß ich in den Kasten die 100. alten Leopoldithaler aufbewahrt hab, nicht wahr, das weißt du doch?

Anna. Nun freylich weiß ich's —

Bald. Diese alten Leopoldithaler hab' ich wollen unserem König zur Kriegsbeysteuer geben.

Anna. Hast's wollen geben, dem König, zur Kriegsbeysteuer — (beis.) Du lieber Himmel! wie wird mirs gehen. —

Bald. Und jetzt find ich weder Sack noch Geld — (hart) Weib! sag: wo ist das Geld hingekommen? — wer hat mir die Thaler gestohlen? —

Anna. Nun so, so sey nur vernünftig, schreyst du doch, als wenn ich dirs genommen hätt — Sind sie denn also nicht mehr da die alten Thaler!

Bald. Wer mir die alten Thaler gestohlen hat, will ich wissen. —

Anna. So gieb dich nur zufrieden, da komt unser Sohn. —

Vierzehnter Auftritt.

Vorige, Peter im Feyertagsrock und Hut.

Peter. (lustig) Juheh! es lebe der König

es leben seine Soldaten. — Es lebe das ganze Regiment!

Bald. (ihn schnell umarmend) Brav, mein Sohn! dieses Loosungswort heitert die Tage deines alten Vaters. —

Anna. (ängstlich) Was höre ich, Peter! du bist Soldat?

Peter. Ich Soldat? — ey ja wohl, wer ein Narr wär, sie haben mich nicht angenommen. —

Bald. Was? — Sie haben dich nicht angenommen, haben dich zurückgeschickt, haben dich für untauglich erklärt?

Peter. Sogar schriftlich haben Sie mir's mitgeben, daß ich kein Courage hab; der Herr Buxer wird dem Herrn Vater alles haarklein erzählen.

Bald. Geh einmal her, Bursche! sag, red, hast ein gutes Gewissen, kannst deinen Vater ohne zu blinzeln, in die Augen schauen.—

Peter. (blinzelt) Nun ja, was schaft der Herr Vater!

Bald. Warum haben Sie dich nicht zum Soldaten genommen?

Peter. Das weiß ich ja nicht; der eine hat gesagt, ich sey zu groß, der andre ich sey zu klein; der eine, ich sey zu alt, der andere ich sey zu jung; endlich hat mich der Herr Belikan vorgenommen, und der hat g'sagt, ich könn gar kein Soldat werden, ich sey vor 8 Jahren den Heuschober hinunter g'fallen, und da hab' ich einen kurzen Athem g'holt.

Bald. Daß weiß der Teufel, was der Kerl daherschnattert; wenn nur der Wachtmeister bald käm — (*beif.*) Meine alten Thaler wollen mir nicht aus dem Kopf. (*laut*) Bub! haſt du mir vielleicht meine alten Thaler gestohlen?

Peter. Wer, was, ob ich g'ſtohlen hab? was ſoll ich g'ſtohlen haben?

Bald. Jetzt red' Spitzbub! haſt vielleicht mit dem Geld auf und davon wollen? — Wo haſt mein Geld ſag' ich?

Peter. Was für ein Geld? ich weiß ja von keinen rothen Heller nix.

Fünfzehnter Auftritt.

Vorige, Wachtmeiſter Buxer.

Buxer. Willkommen, guten Leute! — nun Frau Mutter! ich bringe freudige Bothſchaft, ihr Sohn iſt frey! der Herr Belikan hat ihn auf immer vom Soldatenſtand befreyt.

Bald. Was? der Dorfbarbierer hat mir meinen Sohn frey gemacht? —

Peter. Nun da hörts jetzt der Herr Vater ſelber, was brauchts hernach das raiſſoniren. —

Buxer. (*nimmt Baldinger vertraulich an der Hand*) Pfui! iſt auch nicht ſchön, Alter! daß er mir wegen ſeinem Sohn ſein Zutrauen verſagte. —

Bald. Ich ſteh da, als wenn ich aus den Wolken gefallen wär; auf welche Art hat denn der Herr Belikan meinen Sohn vom Soldatwerden befreyen können?

Buxer. Kinderey! es ist ja bald ein Unglück geschehen?

Bald. Ein Unglück? immer ärger —

Peter. (weis.) Die wollen mir ordentlich auf den Hals hinaufdisputiren, daß ich den Heuschober herabg'fallen bin, und ich weiß doch nix davon.

Anna. (heimlich zu Peter) So sag nur ja, wenn man dich fragt?

Peter. Ich sag schon ja. —

Buxer. Wie lange ist es jetzt, daß sein Sohn den Heuschober herabgefallen ist?

Bald. Was? mein Sohn den Heuschober herabg'fallen? — jetzt fopp der Herr mich nicht, es hat dem Kerl, so lang er lebt, nichts gefehlt als die Kinderblattern. —

Buxer. Nun so les' er selber das Attestat vom Herrn Belikan. — (er giebt ihm das Papier.)

Bald. (liest) Atestationirung. — (für sich) Was Teufels soll das seyn? (liest) „Willen „des Peter Baldinger, so bey der Rekrutenaus- „hebung abgegeben, bezeuge ich, daß selber vor „ungefähr 8 Jahren von dem Heuboden in „den Ochsenstall gefallen." — Was? mein Sohn vom Heuboden in den Ochsenstall her= abgefallen? — (liest) „Und sich die pia mater „auf der Brust dergestalt gedruckt habe" — Ey so lüg, du Spitzbub! daß du schwarz wer- den mögest. — „daß das os sacrum," oder das heilige Bein — seit wenn hat denn der Kerl da ein Heiligs Bein „zerbrochen ist." ist der Kerl so gerad wie eine Hopfenstange —

Da hätteſt ein Bein gebrochen, und ich wüß=
te nichts davon. — „ und warum er ſeither
„ öfters Blut ausgeworfen, und warum er ei-
„ nen Deſiccaten auf der Bruſt hat, wo ſich
„ leicht ein Annagrama anſetzen könnte." —
Nun wart, der Korporalſtock wird dir ſchon
ein Annagrama auf den Buckel ſetzen. — O du
Spitzbub von einem Dorfbarbier! — mein Sohn
das heilige Bein ausg'worfen, und einen Deſ-
centen gebrochen — nun wart, ich will dich leh-
ren, falſche Atteſtaten zu machen — tauſend
Sapperment! ſo beſchupt man einen ehrlichen
Vater — (lauft voll Zorn umher, holt Peter herfür)
Geh her, Kerl! laß dich examiniren, wenn du
mir aber lügſt, ſo laß ich dir durch den Herrn
Wachtmeiſter da 25 heruntermeſſen, daß du dich
wundern ſollſt.

Peter. (angſtvoll) Da bin ich ſchon, lieber
Herr Vater!

(Anna ſtellt ſich ſo, daß ſie Peter gerade ins Geſicht ſehen kann)

Bald. Biſt du Burſche! einmal in deinem Leben den Heuboden herunter g'fallen.

Peter. (in Verlegenheit, ſieht bald den Vater, bald die
Mutter an, welche ihm Ja winkt) Ob ich — den Heuboden herunter — Ja — nein — ja — ſag ich
— vom Ochſenſtall bin ich in Heuſchober hin-
aufg'fallen.

Bald. Haſt du dir dabey was zerdruckt, oder
haſt du ein Bein zerbrochen?

Pet. (eben ſo) Ob ich, ob ich, ja ſag ich, zerdruckt hab ich mir nix — aber zerbrochen hab ich
mir was!

Bald. Und was? (*hart.*) Und was hat dir zerbrochen? (*Anna winkt auf den Fuß.*)

Pet. Den Kopf — nein Herr Vater! den Fuß.

Bald. (*zu Buxer.*) Herr! da steckt eine Spitzbüberey dabey. —

Bux. (*zu Bald.*) Die wir wohl herauskriegen werden, ich sag die Mutter hat den Dorfbarbirer bestochen. —

Bald. (*für sich*) Alle Teufel! da fällt mir ein Gedanke ein, wenn etwa meine alte Leopoldithaler, (*kleine Pause, betrachtet noch einmal das Attestat, laut, ergreift schnell ihre Hand,*) Weib! das Attestat kostet dich 100 Thaler, sag, bekenn! hier steht alles geschrieben.

Anna. (*fängt an zu zittern,*) Was, wie, lieber Michel!

Bald. Du zitterst, deine Hand bebt, Weib! dein Bekenntniß steht auf deiner Stirne geschrieben.

Anna. (*fällt auf die Knie*) Verzeih mir, lieber Michel!

Pet. Nun das wär sauber, wenn die Mutter das Geld gestohlen hätt. —

Bald. Das muß ich erleben! Ich unglückseliger Vater! — hab geglaubt, des Himmels Seegen ruhe auf mir und meinem Hause, und mein eigenes Weib wird zur Diebin, um einem Schurken ein falsches Attestat abzuzwingen, und dem König den Sohn eines treuen Unterthans zu stehlen. —

Pet. (*leise zu Anna.*) Schämt sich die Frau Mutter nicht? — Schand und Spott, dem Herrn Vater s'Geld zu stehlen.

Sechzehnter Auftritt.

Vorige, der Rittmeister.

Rittm. (wie er Anna auf den Knien sieht,) Was seh ich! — was ist hier vorgefallen? von welch sonderbarem Auftritt werd ich Augenzeuge — die Mutter vor dem Vater auf den Knien? —

Anna. (steht auf,) Hilf Himmel! der Herr Rittmeister!

Bald. Herr! Herr! ich bin ein unglückseliger Mann!

Rittm. Warum das, mein lieber Baldinger! ich hörte immer das Gegentheil von ihm; was ist denn geschehen? —

Bald. Herr Rittmeister! mein Weib, mit der ich nun bald 40 Jahre gut und ehrlich gelebt habe, mit der ich manche Freude dieser Welt, aber auch manches Leid an ihrer Seite getheilt habe — dieses Weib (äusserst bewegt) macht sich heute zum Erstenmale meiner Liebe und Achtung unwürdig.

Rittm. (nimmt Michels und Annens Hand, und will sie versöhnen) Gebt mir eure Hand Alter! unmöglich kann das Weib, das ihr schon 40 Jahre als Gattin und Mutter ehrtet, durch eine einzige übereilte Handlung eure Liebe rauben. —

Bald. (zieht seine Hand zurück,) Herr! wer mir etwas wider meinen König unternimmt, der ist mein Todtfeind. —

Rittm. Nun so laß er denn das Verbrechen hören, welches diese brave Mutter wider den König unternommen hat?

Pet. Gestolen hat die Frau! Mutter, ist ein Schand und ein Spott! —

Bald. Geld hat sie mir genommen, Geld, daß ich dem König zur Kriegsbeisteuer hab geben wollen. —

Rittm. Nun dieser Schade wird noch zu ersetzen seyn. —

Bald. Und mit dem Geld hat sie schelmischer Weise einem Spitzbuben von einem Dorfbarbier bestochen, daß er das falsche (giebt die Schrift dem Rittmeister er ließ) Attestat geschrieben hat, um meinen Sohn zum Soldaten nicht zu nehmen.

Pet. (leise zupft Annen beym Rock,) Die Frau Mutter hat schon Recht g'habt, daß sie das Geld genommen hat. —

Rittm. Dieses Attestat schrieb der Dorfbarbierer? dieser Bursche soll exemplarisch gestraft werden. Buxer?

Bux. Herr Rittmeister!

Rittm. Verschaffe diesen guten Leuten das Geld zurück, und dann, (sagt ihm leise etwas ins Ohr) entweder durch List oder Gewalt, vermeide aber alles Aufsehen. —

Bux. Ganz gut, Herr Rittmeister! taugt der Kerl nicht zum Feldscherer, so trägt er die Muskette. (ab)

Siebenzehnter Auftritt.

Vorige, ohne Buxer.

Rittm. Für das Geld bürge ich euch, ehr-

licher Mann, und die Strafe für seine Verge-
hung überlasset mir.

Bald. Aber nicht allein das Geld, auch einen Sohn muß ich haben, der dem König dient.

Rittm. Auch hierin soll euer Wunsch erfüllt
werden, ihr sollet einen Sohn haben, der dem
König dient, und nun eure Hand, und Verzei-
hung für dieses gute Weib, mütterliches Gefühl
der Zärtlichkeit riß sie dahin. —

Bald. (reicht Annen die Hand,) Alliance! alte
Mutter! (zu Peter,) Aber wart Bursche, dir werden die Soldaten solche Spitzbübereyen austrei-
ben, schauen Sie einmal daher, Herr Rittmeister! soll der Kerl ein heiligs Bein zerbrochen haben.

Rittm. Nicht wahr Peter, du hast keine
Lust, Soldat zu werden?

Bald. Sag ja, ich bitt dich um Himmelswillen! sag ja.

Pet. Ich sag aber — Nein!

Bald. Der ganze Bub hat nicht eine Ader
von seinem Vater, — Weib! Weib! wenn ich
nicht wüßte, daß du immer ein ehrliches Weib
gewest, ich müßte glauben. —

Rittm. Laßt das gut seyn, Alter! ich bürge euch davor mit meinem Ehrenwort, euer Sohn
muß dem König dienen. — Geh einmal Peter!
und suche Burer auf, um zu erfahren, wie es
mit seiner Unternehmung steht, (leise zu ihm)
Sey zufrieden, du darfst nicht Soldat werden.

Peter. So ist recht, wenn ich nicht Soldat
werden darf, so lauf ich für unsern König durchs
Feuer, wenns nicht zu stark brennt. (ab)

Achzehnter Auftritt.

Vorige ohne Peter.

Rittm. Und nun, lieben guten Leute! muß ich mich von euch entfernen — Ich erhielte von der Majorin den Auftrag, bis morgen ein ländlich Fest dem alten General zu Ehren, anzuordnen. — Bald, bald werden wir einander näher kennen lernen — In einer Stunde habt ihr euer Geld, und morgen einen Sohn zum Soldaten. (ab)

Bald. (küßt Annen) Komm her, alte Mutter! hast du es gehört, in einer Stunde mein Geld und morgen einen Sohn zum Solbaten? auf diese Art bin ich der glücklichste Bürger im ganzen Königreich. (alle ab)

Neunzehnter Auftritt.

Grosses Beckerzimmer, vorige Geräthschaften. Mulde u. s. w. Einige Tische und Stühle
Buxer, Belikan betrunken. **Peter.**

Peter. Der Herr Belikan wassert den Wein z'wenig (beis) der Kerl sauft, wie ein löchrichter Stiefel. —

Belik. Trink, Bruder Wachtmeister! es ko-

für unsern König!

siet jetzt schon ein Geld, kann ich nicht mehr zu Fuß nach Haus gehen, so, so, nun so mußt du mich nach Haus tragen, verstehst mich?

Buxer. Sey unbesorgt, Brüderchen! an das Nachhauskommen darfst du nicht denken, (beiseite) da werd' schon ich dafür sorgen, Spitzbube!

Belik. (der es halb auffängt) Was hast gesagt, Bruder Wachtmeister! ja, ja, da hast recht, Spitzbuben giebts in der Welt, daß man die Donau schwellen könnt, aber — aber lassen wirs gehen ich — ich sag halt immer, ehrlich währt am kürzesten. —

Buxer. Am längstens willst du sagen — da trink — wir wollen uns heute lustig machen — (reicht ihm ein Glas)

Belik. Eigentlich — ja eigentlich sollt ich nicht mehr trinken, denn ich merk wohl, daß ich schon zu viel hab — aber dir zu gefallen — wie ich halt sag, dir kann ich unmöglich was abschlager — du sollst leben. Bruder Wachtmeister.

Buxer. Dank, dank Kamerad! trink zu — Es lebe unser König! (er setzt ihm seinen Hut auf)

Belik. Ey ja wohl, das geht nicht, Brüderl! ich bin ein Passauer (setzt den Hut ab)

Buxer. Ein Passauer bist du? — ich dächte unsere Montur stände auch einem Passauer gut, laß einmal versuchen (setzt ihm den Hut wieder auf)

Belik. (setzt ihn wieder ab) Laß die Narrheiten, Brüderl!

Peter. O Jerum! ist's auf das angesehen — ich sauf in meinem Leben keinen Tropfen Wein mehr —

Buxer. (beiseite) Es ist noch nicht der rechte Zeitpunkt —

Belik. Nun so trink, Bruder Wachmeister! glaubst etwa, du müssest die Zeche bezahlen he —

Buxer. Nein, nein, das glaub ich nicht — (beiseite) die bezahlst du?

Belik. (wirft den Geldsack auf den Tisch) Da sieh, Geld wie Heu! lauter alte Thaler. —

Peter: O Jekerl! Herr Wachtmeister! (zupft ihn, Buxer winkt ihm, zu schweigen) Das sind die alten Leopoldler.

Buxer. Brav, guter Freund! (wiegt das Säckchen) Da läßt sich schon etwas damit machen; wie viele Thaler werden das so ungefähr seyn!

Belik. Wie viel! 50 müssens seyn, einen davon hab ich schon vertrunken, bleiben also gerade 99 —

Buxer. (beiseite) Wo mag er die übrigen 50 hingethan haben! — (laut) Nun, nun ihr Herren Dorfbarbierer müsset gute Loosung haben; Kreuzbataillon! kein übel Sümmchen! so etwas kann man nicht mit dem Bartscheeren verdienen, vielleicht versteht sich der Herr auf besondere Kuren — so — auf — nun, er versteht mich schon —

Belik. (trinkt) All nichts von dem, ha, ha, ha.

Buxer. Oder — ich merk schon, so kleine Nebenakzidenzeln bey der Rekrutirung —

Belik. (lächelnd) Was, was hat er gesagt, Neben — Nebenakzidenzeln? Getroffen, ha, ha, ha! dem Sackel da hat der Bursche zu verdanken, daß er die Muskette nicht tragen darf; ha, ha, ha!

Peter. (beiseite) O du Esel! von einem Kerl

nun wart, dir werdens die Thaler wieder abja
gen —

Bürg. Wirklich, ist das wahr? — was du
aber doch für ein feiner Spitzbube bist. (Mariechen
bringt Wein, Belikan taumelt auf)

Zwanzigster Auftritt.

Vorige, Mariechen.

Belik. Aperpo, aperpo! Mariechen! setz dich
daher, zu mir — (er will auf sie zu)
Mar. Zu ihm — was fällt ihm ein, Herr
Belikan? —
Belik. Du, du wirst aber doch wissen, daß
du mich heurathen mußt, ich hab das Jawort
von deiner Mutter.
Mar. Hör er, das glaub ich in meinem Leben nicht. —
Belik. So! hab' ich nicht mit der Condition
deinem Bruder ein falsch Attestatum geschrieben,
daß er einen Deficenten hat, he! daß er nicht Soldat
werden darf? —
Mar. Dafür hat ihm die Mutter Geld gegeben, aber mich hat sie ihm gewiß nicht versprochen, das weiß ich —
Belik. Aber, (zärtlich) Liebes Mariechen! —
Mar. (parodirend) Aber, lieber Herr Belikan!
Belik. (will sie umfassen, sie rutscht ihm durch, er
erwischt Peter und küßt ihn) E

Peter. He, he! tausendsapperment! Er bringt mich ja um —

Belik (zärtlich) Willst du mich denn verschmachten lassen, sieh einmal, wie zärtlich ich dich liebe — (er will sich auf den Stuhl setzen, fällt)

Mar.
Peter. } Hilf Himmel! der Herr Amtmann!

Ein und zwanzigster Auftritt.

Vorige, der Amtmann.

Amtm. Was seh ich, so wird mich doch der Spitzbube nicht hintergehen — was macht denn er da mit diesem Mädchen? ist das sein Versprechen, Monsieur! daß ich die 50 Thaler mit ihm getheilt habe, und mich noch dazu ums Mädchen prellen will, he —

Buxer. (für sich) So viel ich merke, finde ich da 2 Spitzbuben, wo ich nur einen zu suchen glaubte — (steht mit unterstemmten Armen im Hintergrund, ohne daß ihn der Amtmann gewahr wird.)

Belik. (steht auf) Seyn's wieder gut, Herr Amtmann! es war ja nur Spas! 's Mädel g'hört mein, und die 50 Thaler gehören dem g'strengen Herrn, und damit Punktum. (Peter ist neugierig, geht immer zu beyden hin und horcht)

Amtm. Also meynt er, wegen den lumpichten 50 Thalern allein hab' ich durch die Finger gesehen, daß er den König um einen Rekruten betrogen hat? — Nichts — Er muß mir Mariechen abtreten, oder ich verrath stante pede die ganze Spitzbüberey.

Belik. (sieht, daß Peter horcht, will ihm eine Ohrfeige geben, dieser weicht geschickt aus, und der Amtmann bekommt sie) Muß er auch seine paar Ohren allenthalben hinstecken? —

Amtm. Was — mir seiner Obrigkeit giebt der Herr eine Ohrfeige — he! zu Hülfe (Er geht auf Belikan los, dieser fällt in die Mulde, Amtmann auch.)

Burer. (ruft zum Fenster hinaus) Korporal! Soldaten herauf, mit Ober und Untergewehr! —

Peter. O Jemene! da wirds eine Bastonade absetzen!

Zwey und zwanzigster Auftritt.

Vorige, Korporal mit Soldaten, Beckerknechte.

Burer. Auf meine Verantwortung nehmt diese beyden Herren gefangen, und führt sie auf das Bürgerhaus.

Amtm. Was? — ist der Herr betrunken? den Amtmann gefangen nehmen? und warum?

Burer. (zeigt ihm das Geldsäckel) Kennt der Herr die Hälfte dieser Münze — 50 Thaler und des Beckers Tochter — für ein falsches Attestatum — fort, marsch — und auch du, Bruderherz!

Belik. Ich bleib in der Multe liegen — wenn sie mich haben wollen, müssens mich forttragen.

E 2

Buxer. Ohne Umſtände! Ihr habt den Kö‑
nig um einen Soldaten betrogen — fort, marſch!
(Die Soldaten brauchen mit dem Bajonet Gewalt, die Be‑
ckerknechte nehmen die Mulde, Belikan darinn bittend, auf
den Knieen. — Alle ſo ab.) *Der Vorhang fällt.*

Dritter Aufzug.

Erſter Auftritt.

(Ländliches Zimmer in Buxers Quartier) **Be‑
likan** ſchläft in der Mulde ohne Rock, ne‑
ben ihm liegt Montur, Casquet und Seiten‑
gewehr ꝛc. **Buxer** und **Korporal Bleyer**
treten ein.

Buxer. Kammerad! ſchnarcht der Kerl nicht,
als wenn er den Generalpaß auf der Orgel ak‑
kompagniren müßte; haſt du wegen dem Amt‑
mann rapportirt?

Korp. Ich erhielt den Befehl, ihn bis zur
Ankunft des Generals auf das genaueſte zu ver‑
wahren. (*Belikan ſchnarcht*)

Buxer. Hörſt du, wie ſichs der Burſche auf
ſeinem Paradebett ſo wohl ſeyn läßt, ha, ha,
ha! —

Korp. Kreuzbataillon! Brüderchen! da fällt
mir ein luſtiger Gedanke ein; gleich da nebenbey

sind unsere Spielleute einquartirt, wie, wenn wir den Dorfbarbier recht militärisch aus seinem Sündenschlaf erwecken liessen?

Buxer. Und wir uns anstellten, als wenn wir ihn gar nicht als denjenigen kenneten, für den er sich ausgiebt.

Korp. Wir thun, als wenn er schon Rekrut wäre, benennen ihn unter einem ganz andern Namen.

Buxer. Richtig! der Kerl muß Fypps heissen — geh nur Bleyer! und hohle die Spielleute.

Korp. Gleich bin ich wieder da. (ab)

Zweyter Auftritt.

Buxer, hernach Korporal Bleyer mit 1 Tambour und Pfeiffer.

Buxer. Schnarch du nur zu, die Trommel wird dich schon aus den Träumen wirbeln; 50 Thaler dem Amtmann, 50 Thaler dem Dorfbarbier, und des Balbingers Tochter noch oben drein zum Pauschquantum — bey meiner Seele! dieses Negoz ließ sich auf Procento bringen, wenn der Galgen nicht so nahe vor der Wechselstube stünde.

Corp. Da bin ich schon wieder — 6. Mann stehen vor der Thüre zum Transport bereit, schläft er noch, der Bursche!

Buxer. Als wenn er den ewigen Schlaf schlafen wollte. — Ich gehe vor die Thüre, Brüderchen! vergiß den Namen Fypps nicht (ab.)

Corp. Und wir reteriren uns auch — (sie stellen sich vor die Thüre) Nun, Kammeraden! fangt an, dem Siebenschläfer ein Morgenliedchen zu spielen. (Der Musketiermarsch wird abtheilungsweise gespielt, so daß einige Pausen dazwischen sind — Korporal geht ab, beyde öfnen bisweilen die Thüre. Belikan macht zerschiedene Bewegungen, erhebt sich, fällt wieder nieder, will endlich mit geschlossenen Augen aufstehen, fällt aus der Mulde.

Belik. Mariandel! Mariandel! was, was ist denn das für ein abscheulicher Lärmen, wo bist denn, Mariandel!

Buxer. Die Mariandel muß eine gute Kundschaft von dem Kerl seyn, weil er sogar im Schlaf mit ihr umgeht. — (Der 2te Theil des Marsches.)

Belik. Da steckt richtig wieder eine Spitzbüberey dahinter — (fällt heraus, erwacht ganz, besinnt sich, reibt sich die Augen —) Wo, wo bin ich denn? — was ist denn das für ein Zimmer, wo hab' ich denn meinen Rock, wo ist denn mein Bett? — Wie bin ich denn zu der saubern Liegerstatt gerathen? — Was, was seh ich denn da? — (erschrickt) eine Soldatenmontur, ein Kasket? — nun, nun, das wär ja ein verdammter Streich, wenn ich etwa gar Soldat — (Pause) vielleicht, vielleicht, ha, ha, ha! ist's gar ein Spas von meinem Herzensbrüderchen, dem Wachtmeister. — (Man hört vor der Thüre poltern und lärmen) Nun, nun, was hat denn der verdammte Lärmen zu bedeuten? —

Dritter Auftritt.

Belikan, Korporal Bleyer vor der Thür.

Corp. Wollen doch sehen, ob wir den Saperlotskerl nicht aufwecken können — Kreuzbataillon! wenn er sich nicht gleich aus dem Stroh macht, so soll ihn mein Haßlinger aufkizeln, daß er sich wundern soll.

Bel. (mit stotternder Stimme.) Wer flucht denn so abscheulich — die Stimm' hab ich ja in meinem Leben nicht gehört, wenn ich nur meinen Rock hätt'! —

Corp. (schlägt mit seinem Stock auf den Tisch.) Das ist euer Glück, Bursche! daß ihr auf den Beinen seyd; glaubt ihr etwa, ich soll den Exercierplatz in euer Zimmer versetzen, um so ganz gemächlich eure Schuldigkeit verrichten zu können? (Belifen schaut sich um, zu wem er spricht, ohne zu antworten) Nun hört ihr nicht, könnt ihr nicht antworten? —

Bel. Wen — wen meynt denn der Herr? —

Corp. (eben so) Euch meyn ich — ihr fauler Bursche ihr, euch meyn ich —

Bel. Ich — ich weiß gar nicht, mit wem der Herr spricht (höflich) Vielleicht ist hier ein kleiner Irrthum, ich weiß nicht, wen ich die Ehre habe, vor mir zu sehen? —

Corp. Potz Hagel und alle Wetter! macht keine Umstände, ihr habt die Ehre mit dem Korporal von dem Leibnizischen Regiment zu sprechen, mein Name ist Bleyer, sollt mich ja kennen, gestern beym Exerciren — (schwinkt den Stock.)

Bel. (Sucht seinen Rock) Wo hab ich denn mein Kleid? das beste wird seyn, wenn ich mich daraus den Staub mach, Tausend sapperment! wo hab ich denn meinen Rock? —

Corp. (schlägt auf den Tisch). Kreuzbataillon!

Bursche! so flucht mir nicht in meiner Gegenwart, ihr wisset, daß ich das verdammte Sappermentiren nicht leiden kann.

Bel. (beiseite) Der Mensch redt' mit mir, als wenn ich ein Soldat wär — (laut) Wenn ich aber dem Herrn sag, daß er sich an der Person irrt!

Corp. Nicht raisonirt — das ist wider die Subordination, oder glaubt ihr etwa, Bursche! daß ich betrunken bin?

Bel. (beiseite) So unmöglich ist es etwa nicht, (laut) Guter Freund! verschaff er mir meinen Rock, dann will ich im Frieden nach Haus gehen —

Corp. Seyd ihr denn blind, hier — kleidet euch an.

Bel. Das ist nicht mein Rock, keine solche Equipage hab ich in meinem Leben nicht getragen, meinen Huth kann ich auch nicht finden.

Corp. (Drohend) Fips! Fips! mich däucht, ihr habt gestern wieder ein Gläschen Wein zu viel im Kopf gehabt, und dann ist's freylich kein Wunder, wenn man am andern Tag nicht weiß, was man gethan hat, Allons — angekleidet — Fips! macht mich nicht böse, oder —

Bel. (beiseite) Der Teufel weiß, für wem mich der ansehen muß, (laut) Aber um Vergebung, mein lieber Herr Korporal, wer ist denn eigentlich der Fips, von dem der Herr redt? —

Corp. Ha, ha, ha! habt ihr denn euren Rausch noch nicht ausgeschlafen? wer führt denn sonst den Namen Fips, als ihr selbst.

Bel. Ich? ich hab mirs gleich eingebildet,

der Herr ist an den Unrechten kommen, ich heiße Belikan, bin Dorfbarbierer hier im Ort, aber der Teufel weiß, auf welche Art, ich da hereingekommen bin?

Corp. Belikan? Dorfbarbirer? was für tolles Zeug der Bursche nicht all daher redt; ihr heißt einmal Fips, und unter dieser Namen seyd ihr als Soldat in der Compagnieliste eingeschrieben. —

Belik. Ich Soldat? (mit brechender Stimme!) Das — das wird wohl nicht seyn können, (zitternd) Denn — denn ich muß dem Herrn redlich sagen, ich hab in meinem Leben vor nichts so einen Abscheu gehabt, als vor dem Soldat werden. Dem Himmel sey Lob und Dank, daß der kommt! —

Vierter Auftritt.

Vorige, Wachtmeister Buxer.

Buxer. Gott grüß dich, Corporal Bleyer! —
Bel. (eilt in Buxers Arme) Willkommen, liebes Herzensbrüderchen! ach — daß du nur da bist.
Buxer. (schleudert ihn weg) Wenn hab' ich denn mit euch Bruderschaft getrunken. Fips! —
Belik. Kennst du mich denn nicht mehr, Bruder Wachtmeister? —
Buxer. Ich weiß nicht, Bleyer! ist der Fips ein Narr geworden? woher kennt ihr mich denn, guter Freund! so genau? —
Belik. Waren wir denn nicht erst gestern Abend beym Herrn Baldinger, so besinn dich doch, Bruder Wachtmeister! —

Buxer. (hebt den Stock) Der Teufel ist dein Bruder, aber ich nicht; tausend sapperment Kerl! duz mich nicht mehr, oder ich schlag dir meinen Stock zwischen die Ohren —

Belik. (kleine Pause, sieht beyde an) Der Teufel weiß, was das zu bedeuten hat, soll mirs denn etwa nur geträumt haben? aber so bedenk er doch, Herr Bruder! —

Buxer. Laßt mich in Ruhe, ihr seyd ein Narr, oder besoffen. —

Korp (zum Pfeifer) Gebt ihm die Montur, dem Trunkenbold, daß er sich ankleidet, damit wir weiter kommen zum Exerciren. —

Belik. (wird aufgebracht, reißt ihm die Montur aus der Hand, und wirft sie dem Korporal vor die Füsse.) Laßt mich nach Haus, ich hab nichts beym Exerciren zu thun! die Montur mag anlegen, wer will, ich lauf eh' im Hemd nach Haus, als ich eine Montur auf meinem Leib nehm. — (will fort)

Korp. He! inpertinenter Bursche! wartet! das soll euch theuer zu stehen kommen, geh her, Buxer! der Kerl muß die Montur anziehen, er mag wollen, oder nicht. — (Buxer hebt den Stock, Bleyer legt ihm die Uniform an.)

Belik. (laut weinend) Das ist ja ein verdammter Streich, ich bin ja der Belikan! —

Fünfter Auftritt.

Vorige, Rittmeister.

Belik. (da er den Rittmeister kommen sieht, zieht er schnell die Montur aus.) Nun, da werdens die bey-

für unsern König! 75

den Herren jetzt selber hören, wer ich bin. — Ein Schand und Spott, einen ehrlichen Mann so für einen Narren zu halten. —

Rittm. Was macht ihr hier mit diesem Menschen?

Belik. Nicht wahr, Euer Gnaden Herr Ritmeister! ich heisse nicht Fips — mein Name ist Belikan.

Rittm Belikan? doch nicht der Dorfbarbier in diesem Ort?

Belik. Eben der, Euer Gnaden! —

Rittm. Danket dem Himmel, daß ihr dieser nicht seyd, guter Freund!

Belik. Und warum?

Rittm. Der arme Teufel wird's nicht lange mehr treiben, so wie der General hieher kommt, wird er aufgehenkt. —

Beikl. Auf — aufgehenkt — der Belikan wird aufgehenkt!

Rittm. Er erfrechte sich der Schurke, durch falsche Attestaten den König um Rekruten zu betrügen. Der Amtmann kommt auf 90 Jahre zur Festungsstrafe, und der Dorfbarbier muß hängen. —

Belik: (bey's:) Auf 90 Jahr auf die Festung und der Dorfbarbier wird aufg'hängt, — da bleib ich doch lieber der Fips — und werd' Soldat. —

Korp. Nun, Bursche! nennt ihr euch noch nicht Fips?

Belik. Herr Korporal! jetzt werd' ich fast so heissen. (zieht die Montur an)

Buxer. (zum Rittm.) Er läugnete nicht nur seinen Namen dieser Rekrut, sondern vergaß sich sogar, daß er uns des Königs Montur vor die Füsse warf. —

Rittm. Und das that er? Korporal führt ihn fort, 25 zum Einstand. —

Belik. (fällt vor ihm auf die Knie) Ach, ach — Euer Gnaden Herr Rittmeister! da wär ich ja des leibhaften Todes! — Verschonen Sie meinen armen Rücken, ich bin dergleichen Extraspeiseln gar nicht gewohnt.

Rittm. Ist noch lange nicht so arg, als wenn der Dorfbarbierer aufgehängt wird. — Korporal! dem Fips 25 zum Einstand. (winkt ihm ab.)

Korp. Gefreyter herein! — (Der Gefreyte mit Mannschaft)

Buxer. Und damit diese erste Exekution recht feyerlich vollzogen wird, sollt ihr auch Musik dabey haben. (Belikan wird bittend abgeführt)

Sechster Auftritt.

(Zimmer in General Hartmuths Hause) **Mimi** schleicht aus ihrem Kabinet.

Mimi. So möcht' ich doch wissen, was die Leute im Haus für Heimlichkeiten zusammen haben; eines steckt die Ohren dahin, das andere dorthin, und komm ich dazu, so eilen sie fort, als wenn sie der Wind auseinander geblasen hätte; ich höre da in der Tante Zimmer mur-

meln, wenn ich nur etwas erfahren könnte. —
(sie geht auf den Zehen dahin — horcht) daß auch der
verwünschte Schlosser das Schlüsselloch so klein
machen mußte; ich höre meine Schwester, die
Majorin — still! der Gärtner Niklas ist bey ihr —
viele, viele Laternen liegen auf dem Tisch, und
eine ganze Menge Patrontaschen — (geht wieder
zurück) was mag denn um des Himmelswillen
die Tante mit all denen Patrontaschen machen —
(horcht wieder) Wenn ich nur etwas verstehen könnte — (legt das Ohr fest an die Thüre) Ein Fest?
die Majorin geht fort, was eine Illuminaz —
(die Thüre geht auf, und sie fällt hinein — schreyt)

Siebenter Auftritt.

Die Tante, Mimi.

Tante. Da haben wirs! lauter Unglück, wo
die kleine Kröte hinkommt; geschieht dir schon
recht, du naseweises Ding! warum hast du auch
lauern müssen. —

Mimi. Nein, liebe Tante! lauern hab' ich
nicht wollen; nur wissen hätt' ich gern mögen,
was sie und die Schwester mit dem alten Niklas
abgemacht haben.

Tante. Ey, hört doch, nun ja, wenn man
haben wollte, daß alles ausgeplaudert würde —

Mimi. Im ganzen Haus sagen sie, ich sey
so geschwäzig, ich könne nichts bey mir behalten, und ich sag doch keinem Menschen etwas,
wenn ich nichts weiß; (schmeichelnd) Sagen Sie
mir doch, liebes Tantchen! ich hab ja etwas von einem Fest gehört, und von einer Illumination,

und was machen Sie denn um des Himmelswillen mit so vielen Patrontaschen in ihrem Zimmer? —

Tante. (*beis.*) Das gottlose Mädchen! alles hat sie uns abgelauert. —

Mimi. (*küßt sie*) Ach! sagen Sie mirs doch, liebes Tantchen! ich will auch keinem Menschen etwas davon entdecken. —

Tante. Nein, es ist dir nicht zu trauen; wenn ich freylich wüßte — nun geh her — aber ja kein Wort, das sag ich dir.

Mimi. Pst! nicht ein Wörtchen, oder ich will eine Hexe seyn!

Tante. (*geheimnißvoll*) Du hast doch schon gehört, daß heute dein Papa, der General aus dem Felde zurückkommt. —

Mimi. (*freudig hüpfend*) Nun freylich, nun freylich, der liebe Papa!

Tante. Und da — hat die Majorin deinem Papa und dem Major zu Ehren ein Fest angeordnet.

Mimi. (*eben so*) *laut* Ein Fest — ein Fest.

Tante. Nur nicht so laut — alle Soldaten, die hier einquartirt sind, werden frey gehalten.

Mimi. (*eben so*) O schön! schön! dafür muß ich meine liebe Schwester tausendmal küssen.

Tante. Alles im Dorf soll sich freuen, und jubeln und tanzen über die glückliche Ankunft des Generals.

Mimi. Da muß ich ja auch mittanzen, liebes Tantchen.

Tante. Auch du und deine Schwester sind dabey — ihr beyde sollt eurem Vater zu Ehren auch mittanzen, und noch dazu als Bauernmädchen.

Mimi. Als Bauernmädchen — o das ist allerliebst — aber gut, daß ich alles das weiß; Wissen sie, was ich dem Papa für eine Proposition machen werde, wenn er kommt? wissen sie das?

Tante. Nun, das wird wieder etwas kluges seyn? —

Mimi. Ich dächte, es gieng so in einer Lustbarkeit hin, wie wärs, wenn ich gleich dabey heurathe; wie meynen Sie, liebe Tante!

Tante. Ich meyne, daß ich dich wieder zu deiner Gouvernante in das Stift schicken werde, das meyn ich —

Mimi. Nun ja — da kämen sie mir schön an; nein! da könnt' ich es nicht mehr aushalten — ach! liebes Tantchen! das war ein trauriges Leben — puh! es kruselt mir noch, wenn ich daran denke — das ganze Jahr keinen einzigen Mann zu sehen, als unsern Hrn. Doktor! —

Tante. O du gottloses, ehrvergessenes Mädchen du!

Mimi. Und das war noch dazu ein alter, ernsthafter Murrkopf, und doch haben wir uns oft nur deswegen krank gestellt, um uns nur von einem Manne den Puls fühlen zu lassen. —

Tante. (schlägt die Hände zusammen) Immer ärger! — Ich sag es ja, das Mädchen ist nicht anders, wie ausgewechselt. Laß nur deinen Papa, meinen Bruder kommen, der wird sich wundern, wenn er solche Spektakeln von seinem Herzblättchen hören wird; du, du Schandmädchen du! (ab)

Achter Auftritt.

Mimi, hernach Ingermann.

Mimi. Wenn es nur gar keine Tanten mehr auf der Welt gäbe; Was? mich wieder fortzuschicken? das gieng mir noch ab. Das wäre mein Casus; ha, ha, ha!

Rittm. Ach! find' ich Sie hier, mein schönes Fräulein!

Mimi. (ihm in die Arme) Eben recht, daß Sie kommen, Hr. Rittmeister! wissen Sie etwas neues — wir haben heute noch ein Fest!

Rittm. Wie, Sie wissen?

Mimi. Alles weiß ich, unsere Soldaten werden bewirthet — es wird getanzt, gejubelt, ich bin als Bauernmädchen dabey; aber es darfs noch kein Mensch wissen; die Tante hat es mir beym Kopf abhauen verbothen.

Rittm. Da hätten Sie es ja auch mir nicht entdecken sollen.

Mimi. Ach ihnen! — wir zwey haben ja kein Geheimniß zusammen; und denken Sie daran, was ich für einen besondern Einfall bey der Sache habe. —

Rittm. Lassen Sie hören —

Mimi. Können Sie rathen?

Rittm.

Rittm. Wie sollt ich? —

Mimi. (legt ihre Hand auf sein Herz) Sagt ihnen das da drinnen nichts? — fühlen Sie einmal, wie es bey mir klopft — tick tack, tick tack — Ach, bey ihnen geht das Ding so melancholisch, tick tick — wie wär es, lieber Herr Rittmeister! wenn wir heute noch heuratheten?

Rittm. Der Gedanke wäre nicht so übel, in der That — (leise) die liebe Natur! —

Mimi. O hören Sie, ich bin ihnen auch so gut, so gut, und ich weiß gewiß, daß ich ihnen auch, so lang ich lebe, gut seyn werde —

Rittm. Das freut mich von Herzen, schöne Mimi! —

Mimi. Aber sagen Sie mir doch, da redt mir immer die alte Tante so viel albernes Zeug vor, als wenn ich niemand heurathen könnte, der nicht von Adel wäre — sind Sie von Adel? he! —

Rittm. (in einiger Verlegenheit) Warum fragen Sie, Fräulein! sollten vielleicht auch sie. —

Mimi. Ach was ich! meinethalben könnten Sie 1000 Ahnen zählen, oder gar keine, was geht das mich an; aber die alten Frauen sind doch recht kurios, das ist wahr; hätte die Tante nicht so viel Geld, so würden wir uns den Teufel um sie bekümmern. — Sagen Sie mir doch, lieber Herr Rittmeister! wie viele Ahnen zählt ihre Familie?

Rittm. O sehr viele, mein Geschlechtsregister fängt lange vor der Belagerung von Troja, an.

Mimi Hilf Himmel! da ist ja ihre Familie wohl älter als die unsrige (*beiseite*) das wird die Tante freuen, wenn sie das hören wird. (*laut*) Wer ist denn ihr Papa!

Rittm. Mein Vater? ein ehrlicher Mann!—

Mimi. Aber! was ist er sonsten noch, ich meyne, ob er etwa ein Minister, oder ein General —

Rittm. Ja, ja! Sie haben recht! er ist Minister in seiner Familie, General in Anordnung der Plane zum Nutzen und Frommen seiner Kinder!

Mimi. Und dann weiter? —

Rittm. Dann ist er ein treuer Unterthan seines Königs, ein guter Bürger des Staats, ein Patriot fürs Vaterland —

Mimi. Ey, ey, ey! (*mit einem Knicks*) Da hat ja der Herr Papa recht viele Chargen. — (*beiseite*) Da wird sich die Tante wundern! — (*laut*) Sagen Sie mir doch, lieber Herr Rittmeister! Wo haben Sie denn ihren Adelsbrief?

Rittm. Meinen Adelsbrief? der ist noch immer unterwegs! —

Mimi. Der bleibt auch verzweifelt lang aus, ist denn der Weg so weit, bis in ihre Heymath?

Rittm. Sehr weit — tausend Meilen noch hinter dem Meere.

Mimi. O, o, o, hören Sie auf — bis man den hieher schaft, geht ein Jahr vorüber; und hinter dem Meere, sagen Sie! wenn er etwa da zu Grund gienge? —

Rittm. Würden Sie mich denn nicht lieben

schöne Mimi! auch ohne Ahnen, ohne Adelsbrif, sollte das Vorurtheil ihrer alten Tante —

Mimi. Die schwazt mir auch soviel närrisches Zeug von unserm Stammbaum vor, der oben im Saal hängt, aber all davon versteh' ich kein Wort, und gemeiniglich denk' ich an einen ganz andern Stammbaum, wenn ich von ihnen rede — (giebt ihm die Hand)

Rittm. Sie würden mich also auch ohne Stammbaum lieben können? —

Mimi. Nun freylich, ich will ja nicht den Stammbaum heurathen —

Rittm (küßt ihr die Hand) O so lassen Sie uns, liebes Mädchen! die Ankunft ihres fürtreflichen Vaters mit Sehnsucht erwarten — vielleicht ist unser Bund schon vor dem Allsehenden geschlossen, und nichts mangelt mehr zu unserem Glücke, als der Seegen unserer Eltern! den Elternseegen erhebt den Sohn zu grossen Thaten, auch wenn er ein Bürgerssohn wäre. — (Sie wollen Hand in Hand ab, wie sie die Thüre öffnen kommen

Neunter Auftritt.

Vorige, Anna, Peter, Lenchen:

Peter. Nun, da sieht die Frau Mutter, daß es erlogen ist; hab's ja gleich gesagt, daß der General noch nicht da ist (zu ihr) jetzt haben wir die paar Leuteln nur in ihrer Unterhaltung gestört. — (Anna und Lenchen machen viele Knickse)

Rittm Was verlangt ihr hier, gute Leute!

Anna. Ach! lieber, gnädiger Herr Rittmeister! (furchtsam)

Lench. (eben so) Da haben wir Sie wollen bitten —

Anna Da haben Sie gesagt, unser alter Herr General sey ankommen —

Peter. Und wenn er ankommen wär, so müßt er ja da seyn.

Lench. Da haben wir wollen, so red' die Frau Mutter —

Anna. Da hab' ich wollen die erste seyn, die dem Herrn General ihre Noth klagt wegen meinem Mann. —

Peter. Und ich hab wollen den Herrn Vater verklagen, daß er mich unter d'Soldaten stecken will — (weint)

Lench. (weint) Hab mich schon mit dem Menschen so weit verhandelt, hi, hi, hi! und da wissens selber, wie man in der Leut Mäuler kommt, wenn man eine Braut ist, und d'Sach alles wieder zurückgeht — (laut weinend)

Peter. (auch laut weinend) Und mir will auch das Herz brechen, wenn ich bedenk, daß d'Sach mit der Lenerl wieder zurückgehn soll.

Rittm. Gebt euch zufrieden, liebe Leute! eure Besorgniß ist ungegründet.

Peter. Ich, ich sag halt immer, man soll einen Menschen bey dem lassen, was er g'lernt hat; ich habs Beckerhandwerk g'lernt, und auf die Profession will ich auch heurathen. —

Anna. (hat indessen heimlich mit Mimi gesprochen)

Mimi. (bewegt) Die armen Leute! dauern mich recht —

Peter Da sehens Euer Gnaden selber, sogar das Fräulein muß über unser Elend ſiennen, soll hernach nicht erſt einem Kerl wie ich bin — s'Herz ganz in d'Schuh fallen. —

Anna. (zur Mimi) Ach! liebes ſchönes Fräulein! wenn ſie wüßten, wie einem zu Muthe iſt, wenn man ſeinen Buben ſchon ſo weit gebracht hat. Er hat immer vor dem heurathen ſich gefürchtet, ich könnte ſchon lang Großmutter ſeyn, wenn der alte Schelm mehr Couraj gehabt —

Peter. (zupft ſie am Rock) So, ſchämt ſich die Frau Mutter nicht, daß ſie ſo Kindereyen ſpricht; (laut) Was kann ich dafür, wenn mir der Herr Vater kein Weib giebt, — ich, — ich mags nicht ſagen, was ich hab ſagen wollen. — (Rittmeiſter zieht die Schreibtafel aus der Taſche, und ſchreibt.

Mimi. Ach! Herr Rittermeiſter wie gerne möcht' ich denen armen Leuten helfen — wenn meine Fürbitte nur etwas vermöchte — (alle bitten das Fräul in)

Ritt. Es kommt ja nur auf die künftige Frau Rittmeiſterin an, ſo iſt dieſer Burſche auf immer und ewig frey. — (Alle 3 fallen ihm zu Füſſen)

Mimi. (hebt Peter in die Höhe) So ſteh' auf, du närriſcher Kerl! und geh nach Haus. —

Peter Ey ja wohl, auf der Fräulein ihr Wort geh ich nicht, wenn mirs der Herr Rittmeiſter nicht ſchriftlich giebt, ſo glaubt der Herr Vater nix —

Rittm. Auch hier meine Unterſchrift! (lieſt) Peter Baldinger iſt von der Rekrouten-Aushe-

bung gänzlich frey, und kann heurathen. —
Alle 3 voll Freude küssen dem Fräulein die Hand, Peter dem Rittmeister den Rock.)

Peter Tausend Dank, schönes Fräulein! der Himmel solls ihnen einmal an Kindern ersetzen. Juchhe! jetzt heißts im Ernst (schwingt den Hut, lustig Es lebe der König — mein Lenerl und ich — der König für alle — mein Lenerl für mich! —

Zehnter Auftritt.

Vorige, Majorin schnell, hernach **Stephan,** die übrigen reteriren sich zur Thüre.

Maj. Ich höre so eben, daß eine Postchaise ins Dorf gefahren. — Lieber Rittmeister! wenn es etwa mein Mann — wenn es mein Vater wäre! —

Das Posthorn ertönt.

Rittm. Wir wollen ihnen entgegen. —

Mimi. Der Papa! der Papa!

Stephan. (eilt herein) Victoria! der alte Herr General und der Herr Major! — (Sie wollen all fort

Eilfter Auftritt

Vorige, Major. General, in Karolinens Arme. Mimi stürzt dem Vater zu Füssen.

(Der Rittmeister ist stummer Zeuge dieser Familiengruppe, steht auf der Seite.)

Gen. Gott segne euch, liebe Kinder!
Karo'.) Mein Gemahl
Maj. } Karoline! } fast alle zugleich kleine stille Pause.
Mimi.) Lieber Papa!

Peter. Gehts fort! gehts fort! sonst möcht' das Küssen auch an uns kommen (diese 3 ab)

Maj. Karoline! Dich nach so langer Zeit wieder an mein Herz zu drücken! dich, die ich so zärtlich liebe, —

Karol. Gustav! daß ich nur dich wieder in meinen Armen habe. —

Ritt. (für sich) Guter Gott! wie mir das Herz schlägt, immer näher der Zeitpunkt, der mein Glück oder Unglück entscheiden soll.

Gen (ohne den Rittmeister zu sehen) Kinder! wie habt ihr gelebt! Karoline! dir bring ich deinen Gemahl gesund, und mit Ruhm, und Ehre geschmückt aus dem Felde zurück.

Mimi. Und was haben Sie denn mir mitgebracht, lieber Papa!

Gener. Dir? — eine Menge Dragoner, die bey dir Quartier nehmen sollen; seht Kinder! auch meine grauen Haare hat der liebe Gott mit neuen Lorbeern gesegnet.

Mimi. Ja, ja — s'ist auch wahr, lieber Herr Papa! ihre Haare sind recht grau geworden — Sie sehen auch viel älter aus, als ich Sie vor 2 Jahren gesehen habe.

Gener. Glaubst du das — bist noch immer wie ich höre, die kindische Mimi — nun, nun, sey zufrieden, auch dir hab ich etwas mitgebracht, hab schon gehört — wegen meinem Rittmeister Ingermann, meine Schwester hat mir alles geschrieben.

Mimi. Wo ist denn der hingekommen? Hilf Himmel! auf Sie hab' ich ja ganz vergessen! — (hohlt ihn zum General hervor.)

Gener. Sie hier, mein lieber Ingermann?

Rittm. (tritt vor mit tiefer Verbeugung) Ich wollte Euer Excellenz nicht an der Freude des Wiedersehens stöhren.

Maj. Gott grüß Sie, lieber Rittmeister! (umarmen sich;

Gener. Verzeihen Sie, lieber Ingermann! daß ich Sie nicht bemerkte; allein, Vaterfreuden, haben Sie noch nie gefühlt — diese himmlische Freuden müssen Sie erst erwarten; kommen Sie in meine Arme, Freund! ich bin ihr grosser Schuldner, habe die Haide bey Saarstätten noch nicht vergessen, wo Sie mir das Leben retteten — will ihnen auch, wills Gott! meine Schuld mit Wucher bezahlen.

Rittm. Euer Excellenz! beschämen mich.

Zwölfter Auftritt.

Vorige, die Tante.

Tante. Grüß dich der Himmel, lieber Bruder! ach, ich habe auch recht oft meinen frommen Wunsch gen Himmel geschickt, daß er dich wieder glücklich hieher bringen möge. (Major küßt ihr die Hand)

Gener. Dank dir, liebe Schwester! nun — wie hast du gelebt? — ist nichts vorgefallen in unserer Familie, seit dem ich abwesend war?

Tante. Ach — lieber Bruder! laß mich nur unter 4 Augen bey dir seyn; Sachen — Sachen sind geschehen, du wirst deine liebe Wunder hören, das gottlose Mädchen da —

Gener. Wie, Mimi! hast du dich nicht gut aufgeführt — wart, Lose! da werd ich dich wohl in die Zucht einer meiner Kurassiere geben müssen. (deutet auf Ingermann)

Mimi. (nimmt Ingermann an der Hand) O unter dieser Zucht werd ich mich, schon zu bessern suchen.

Gener. Nun verlasset mich meine Kinder! — Sie Herr Major! werden sich wohl lange schon nach einem so glücklichen Augenblick gesehnt haben?

Maj. (nimmt Karolinen an der Hand) Und ist nicht nach langer Trennung das Wiedersehen zweyer Liebenden ein Vorgefühl der Seeligkeit — Komm, Karoline! (ab,)

Mimi. (nimmt den Rittmeister unter dem Arm, General winkt ihr, Rittmeister verbeugt sich stumm) Ich parire Ordre! Euer Excellenz! (mit einer tiefen Verbeugung) Erlauben mir doch, diesen Rekrouten in meine Protektion zu nehmen? (ab)

Dreyzehnter Auftritt.

General, die Tante.

Tante. Da siehst du nun, wie ausgelassen das Mädchen ist, sie ist gar nicht mehr zu kennen.

Gener. Das finde ich eben nicht, Schwesterchen! laßen wir die jungen Leute munter seyn und lachen; wir Alten wollen uns froh der Jahre erinnern, wo wir auch lachten und munter waren.

Tante. Aber so bedenk doch, lieber Bruder! verliebt ist sie sogar schon, der Fraze! —

Gener. Das ist ja ihre Bestimmung! soll das Mädchen, das sich zur Mutter geschickt fühlt, nicht Liebe fühlen dürfen? — Schwesterchen! warest du in Mimis Jahren nicht auch verliebt? —

Tante. Geh, geh, geh — immer mit deinen Sticheleyen —

Gener. Glaub mir, Schwester! unglücklich das Mädchen, das in Mimis Jahren nicht wünscht, ihrer erhabenen Bestimmung gemäß das zu werden, wozu die Natur das Mädchen schuff, Mutter guter Kinder! —

Tante. Aber so bedenk doch — sie ist verliebt in einen Menschen, von dem man noch gar nicht weiß, wer seine Eltern waren; die Familie Ingermann finde ich in meinem ganzen Turnierbuch nicht.

Gener. So findest du vielleicht seine Voreltern im Buche der edlen Bürger aufgezeichnet.

für unsern König!

denn unmöglich kann Ingermann einen Schurken zum Vater gehabt haben, oder würde die Natur auf das hunderte ausgeartet haben! — hast du ihn in Ansehung seiner Familie schon auskundschaftet?

Tante. Eben das erregt Zweifel in mir, er will nicht mit der Sprache heraus.

Gener. So will ich dieses Geschäft über mich nehmen; zuerst muß ich aber die Gesinnung meiner Tochter erforschen. Gehe, liebe Schwester! schick mir die Kleine her.

Tante. Da kömmst du schon an die rechte, das gottlose Mädchen ist im Stande, und heurathet dir den nächsten, besten Bürgerssohn vom Fleck weg. (ab)

Vierzehnter Auftritt.

General, hernach Mimi.

Gener. Ja — ich habe als Soldat meine Bestimmung für meinen König erfüllt, nun soll auch mein erstes Geschäfte seyn, als Vater das Glück meiner Kinder zu gründen. Ingermann ist ein edler, ein tapferer Mann, der Liebling des Königs, ihm hab' ich mein Leben, und einen grossen Theil meines Ruhmes zu verdanken.

Mimi. (kommt, küßt ihr die Hand) Da bin ich, liebster Papa! die Tante hat gesagt, sie werden recht mit mir zanken, und ich weiß doch nicht warum?

Gener. Hör du, Mimi! ich höre nicht die besten Nachrichten von dir; du weißt, ich hatte dich immer am liebsten, weil du das jüngste meiner Kinder — der letzte kostbare Ueberrest bist, der mich an deine mir unvergeßliche Mutter erinnert. —

Mimi. (weint) Ach! ja wohl unvergeßlich! hören Sie auf, lieber Papa! — so oft ich an meine liebe Mutter denke — so, so muß ich weinen, und Sie wissen, Mimi weint nicht gerne.

Gern. Die Tante sagt mir, du seyest verliebt —

Mimi. Ja — ja — da hat sie recht — aber, kann man denn etwas dafür, wenn man verliebt wird; das Ding kommt einem ins Herz, man weiß nicht wie. — lieber Papa! ich denke, es muß ein Naturfehler seyn — nicht wahr?

Gener. Und weil das so ein Naturfehler bey dir ist, so möchtest du gerne heurathen. —

Mimi. Ach! Sie machen einen auch ganz roth — ich hab mich auch immer so auf ihre Ankunft gefreut — denn Sie wissen gewiß am besten, wie's einem in solchen Umständen zu Muth ist — sie sind gewiß auch einmal verliebt gwesen?

Gener. (lächelt) Dein Ingermann ist ein braver, rechtschaffener Mann!

Mimi. Der mich gewiß nicht unglücklich machen wird. — (weint) Ach! wie wollten wir beyde Sie so lieb haben — wir liessen Sie gar nicht sterben — bitten wollten wir alle Tage den lieben Gott, daß er Sie recht lange erhalten möchte —

Gen. (trocknet sich das Auge, freudig, küßt sie) Wollt ihr das? Kinder! wollt ihr mich alten

für unſern König!

Mann pflegen, wenn ich auf's Krankenlager komme — mir die Augen zudrucken, wenn ich ſterbe — Gott ſegne dich mit ihm, meine Tochter! du ſollſt ihn haben. (will fort)

Mimi. Auch wenn er nicht von Adel iſt — lieber Papa!

Gen. Er wird mir ja die Augen zudrucken, wenn ich ſterbe — morgen iſt deine Hochzeit — er ſoll der deine ſeyn. (ab)

Fünfzehnter Auftritt.

Mimi allein, hernach Buxer.

Mimi. (hüpft) Er ſoll der meinige ſeyn, der meinige — Hilf Himmel! wie freu' ich mich, er ſoll mein ſeyn.

Buxer. Nun ja doch, ja doch, er ſoll ihr ſeyn, aber der Teufel weiß, was — kann ich hier meinen Herrn Rittmeiſter nicht ſprechen.

Mimi. Denk daran, mein lieber Buxer, alles iſt richtig, er ſoll mein ſeyn, ſo freu dich nur, das iſt doch ein Elend mit dem Menſchen!

Buxer Ich freu mich ja ſchon — ha, ha, ha! — wenn ich nur wüßte, warum ich mich freuen ſoll?

Mimi. Will der Menſch freundlich auſchauen, ſo macht er ſo ein zerriſſenes Geſicht, als wenn er das Podagra hätte. — Mit meinem Rittmeiſter iſt's richtig, mein Papa hat es mir ſo eben verſprochen.

Buxer. Ihr Papa! — der Herr General! Viktoria! (schwinkt den Hut.)

Mimi. Und morgen ist schon die Hochzeit!

Buxer. Noch einmal Viktoria! jetzt läßt sichs heute noch einmal so lustig seyn. — Wenn mein Herr Rittmeister morgen zur Trauung wankt, — marschir ich voraus — blas den Cavalleriemarsch — treng, ting, ting — tren, ting, ting — hinten nach Pfeiffen und Trommeln, trom, tromm, tromm, tromm — tren, ting, ting — tren, ting! (macht alles dieses nach, marschirt so ab. Mimi äfft ihm nach ꝛc. beyde ab.)

Sechszehnter Auftritt.

(Zimmer im Hartmuthischen Schlosse.) General Hartmuth mit Rittmeister Ingermann.

Gen. Lassen Sie uns diese guten Menschen im Taumel ihrer Empfindungen nicht stören; wir sind hier allein, lieber Ingermann! mein erstes Geschäfte sey also, mich von dem Auftrage unsers Königs zu entledigen.

Ingerm. Euer Excellenz! ich that als Soldat meine Pflicht — und schon ihre Versicherung der Gnade meines Königs ist mir die wichtigste Belohnung für die Erfüllung meiner Pflichten.

Gen. Offiziere und Gemeine bezeugen, daß Sie allein durch ihre Thätigkeit bewirkten, den ansehnlichsten Posten zu gewinnen, den wir erobert haben. — Se. Majestät schrieben auch sogleich den Namen Ingermann in ihre Schreibtafel, und ich zweifle nicht, da unser König so gerne Verdienste belohnt, daß er auch Sie nicht vergessen wird.

Rittm. Die Zufriedenheit von Euer Excellenz! —

Gen. (ergreift seine Hand) Jetzt hab' ich als General den Auftrag meines Königs befolgt; nun lassen Sie mich zu ihnen als ihr Freund reden; daß Sie der König belohnt, ist Pflicht — aber auch ich möchte nicht gerne bey ihnen in den Verdacht kommen, den Namen eines Undankbaren zu verdienen,

Rittm. Eure Excellenz beschämen mich durch ihre herablassende Güte.

Gen. Da ich mich vor 3 Monaten zu weit an die feindlichen Posten wagte, mich auf einmal auf der Haide vor Saarstätten von einigen 100 Reitern umzingelt sahe, sandte sie mir die Vorsicht zu Hülfe. Sie hieben mich mit ihren Leuten aus den Händen der Feinde — Ingermann! (ihm die Hand drückend) wären Sie mir nicht zu Hülfe geeilt, ich säße jetzt in der Kriegsgefangenschaft — Freund! wie soll ich ihnen diese That belohnen?

Rittm. (küßt ihm Ehrfurchtsvoll die Hand) Wäre nicht schon das Andenken, dem Vaterland einen so tapferen Helden erhalten zu haben, die süßeste Belohnung für mich? Aber Euer Excellenz! — (schießt zu seinen Füßen)

Gener. (hebt ihn auf) Ingermann! Sie lieben meine Tochter. —

Rittm. Ich liebe sie, aber — (leise) Gott! soll ich mich ihm entdecken! —

Gener. Ihr Gesicht verräth über meinen Antrag eine Unruhe, die ich mir zu entziffern, nicht vermag; Ingermann! entdecken Sie sich, nicht dem General, entdecken Sie sich ihrem Freund, ihrem Vater, —

Rittm. Euer Excellenz! mein Name, meine Geburt, mein Vaterland. —

Gen. Sie nennen sich vielleicht nicht Ingermann?

Rittm. Nein — Euer Excellenz!

Gen. Sind nicht aus Liefland gebürtig?

Rittm. Nein!

Gen. Sind nicht von adelicher Geburt?

Rittm. Nein — Euer Excellenz!

Gen. Ihr Vaterland?

Rittm. Das Vaterland von Euer Excellenz.

Gen. Sie sind gebürtig?

Rittm. Aus dem Ort, der den General Hartmuth gebahr. —

Gen. Nennen sich? —

Rittm. Christoph Baldinger. (leise)

Gen. Der Sohn unsers Beckermeisters? —

Rittm. Sprechen Euer Excellenz das Urtheil über mich — Der schon so längst gefürchtete Augenblick ist da, der vielleicht auf ewig meine Hofnungen zerstören soll. (General in Gedanken) Ich kenne die Grundsätze alter Familien, weiß auch sehr wohl, daß so oft Mißheurathen die traurigsten Folgen nach sich zogen; aber Euer Excellenz! ich möchte so gerne der Schöpfer meines ei-

für unsern König.   97

genen Glückes seyn — dieser feste Gedanke trieb mich an, von der Picke auf zu dienen, und durch Rechtschaffenheit und Heldenmuth mich zu der Ehrenstelle auszuschwingen, die ich nun unter Euer Excellenz Regiment begleite. — Ich sah ihre Tochter — schön und unverdorben wie die Natur — ich liebte sie — und diese Liebe, — war die Ursache, daß ich meinen alten Eltern bis dahin das Vergnügen versagte, ihren Sohn umarmen zu können.

Gen. Was veranlaßte Sie denn, Ingermann! sich für einen Liefländer auszugeben? —

Rittm. Vor 9 Jahren kam ich als Seeoffizier vom Kap zurück, von da gieng ich in Liefländische Dienst — entfernt hörte ich, daß mein Vaterland in einen Krieg verwickelt würde — Ich begehrte den Abschied, in der Absicht, um meine Dienste dem König anzubiethen.

Siebenzehnter Auftritt.

Vorige, Wachtmeister Buxer

Buxer. Euer Excellenz! Michel Baldinger wünschte mit noch einigen Deputirten vom Dorf die Gnade zu haben, mit Euer Excellenz zu sprechen. —

Rittm. (beyf.) Mein Vater!

Gen. Ingermann! verbergen Sie sich in jenes Seitenkabinet. (Rittmeister ab, Buxer öfnet die Thüre und ab)

Achtzehnter Auftritt.

General, Michel Baldinger, Jops, Görge, einige Bauern.

Bald. (mit einem Geldsack, die übrigen auch) Euer Excellenz! dankbare Kinder freuen sich ihres guten Vaters — so freuen auch wir uns, daß wir unsern alten Vater Hartmuth wieder glücklich aus dem Felde zurückkommen sehen.

Gen. (reicht jedem die Hand) Dank euch, meine Kinder!

Bald. Haben oft gebetet zu dem lieben Gott um Segen für unsere Waffen — um langes Leben für unsern Vater Hartmuth — und seht, Brüder! da steht er wider vor uns, der tapfere Greiß! — mit eben der segenvollen Miene, als er uns vor einigen Jahren verließ, da wir ihn zum Dorfe hinausbegleiteten, und ihm jeder von uns sein Lebewohl nachrief, und den Himmel anflehte für seine Erhaltung.

Gen. (trocknet sich das Aug) Ha! wie süß ist diese Freudenthräne! welche Seligkeit, von so biedern Menschen geliebt zu seyn.

Bald Hier, Euer Excellenz! da wir gegenwärtig ohne Obrigkeit sind, weil unser Herr Amtmann —

Gen. Hab schon die Nachricht von dem Rittmeister gehört.

Bald. So haben wir, ich und einige der Aeltesten im Dorfe für unsern guten König einiges Geld zusammen gesammelt.

Jops. Haben uns halt gedenkt, der Herr König braucht jetzt viel, und er wird's uns schon einmal, wenn er's leicht thun kann, wieder einbringen —

Görge. So sey stat, und laß den Beckenmeister reden, spricht er dir doch so g'studirt wie unser Herr Schulmeister.

Bald. Euer Excellenz! es ist keines im Dorf, das nicht sein Scherflein mit gutem, freyem Willen dargebracht hat.

Gen. O diese Unterthanenliebe! ist nicht das Land unüberwindlich durch sich selbst, wo Unterthanen auf diese Art ihren Monarchen ehren?

Bald. Hier Euer Excellenz! und hier — und hier (sie legen alles auf den Tisch)

Gen. Dank euch, gute Leute! ich werde eure Treue für euren Landesfürsten anzurühmen wissen.

Bald. Auch will ich mich erbiethen, für meinen Sohn einen andern Mann zu stellen; hab geglaubt, ich alter Mann werde noch vor meinem Ende die einzige Freude erleben, einen Sohn in dem Rock zu sehen, den er mit unserem König gemein hat; aber nein, diese Freude wurde mir versagt, — da lesen Euer Excellenz! (giebt ihm die Schrift von dem Rittmeister.)

Gen. (zu den übrigen) Verlasset mich, gute Leute! ich habe etwas mit diesem Manne allein zu reden. Ich danke euch nochmalen im Namen des Königs.

Jops. Ist gern geschehen, Euer Excellenz! unser eins thät halt gern mehr, wenn man könnt; sagens das nur grad weg unserem Herrn König,

er wirds hernach schon verstehen. Servus!
(mit einem Krabfuß ab)

Görge. Und sagens ihm, wir haben ihn alle auch recht gern, und grüßens ihn auch vom ganzen Dorf — Gut und Blut steht unserem Herrn König von uns zu Diensten, er soll nur kommen, und solls hohlen. Gott befohlen. (ab.)

Neunzehnter Auftritt.

General, Baldinger, Rittmeister (kömmt aus dem Cabinet)

Gen. Und die Ursache, warum der Rittmeister euren Sohn nicht annahm?

Bald. Kann keine andere seyn, als weil er glaubt, daß es mein einziger ist. Eben recht, daß Sie da sind, Herr Rittmeister! mir meinen Sohn zurückzuschicken — haben mir doch auf Offiziersparole versprochen, ihn zum Soldaten zu behalten.

Rittm. Ich versprach, guter Mann! daß sein Sohn dem König dienen sollte; ich hielt auch mein Versprechen.

Bald. Aber mein Peter. —

Rittm. Habt ihr denn nur einen Sohn?

Gen. Wie! wenn ich euch versichere, daß ich bey der Armee einen Christoph Baldinger kenne!

Bald. (vor Freude) Christoph Baldinger? der Soldat ist?

Gen. Wenn dieser Christoph Baldinger wohl gar unter meinem Regiment, wenn er so gar Offizier wäre?

Bald. O lieber Gott! wie ist mir?

Rittm. (zu seinen Füßen) Vater! Vater!

Bald. Christoph! — (heiße Umarmung)

Zwanzigster Auftritt.

Vorige, Tante schnell, Major Sternheim.

Tante. Was geschieht hier? Hilf Himmel!

Rittm. O mein Vater!

Bald. Mein Sohn!

Gen. Schwester, beneidest du nicht in dem Augenblick diesen glücklichen Vater?

Maj. Was hör ich, dieser Bürgersmann hier, der Vater des Rittmeisters?

Tante. Der Rittmeister der Sohn eines Bürgerlichen! —

Gen. Und von diesem Augenblick an, mein Tochtermann! Alter! ich geb deinem Sohn meine Tochter zum Weibe!

Maj. Vater! wäre es möglich, daß meine Hochachtung, für Sie vergrößert werden könnte; so wäre es jetzt in diesem Augenblick, Schwager! Bruder! (umarmt ihn)

Tante. (erschrickt) Was? Bruder! hab ich dich recht verstanden? meine Nichte soll einen Bürgerlichen heurathen?

Gen. Einen Bürgerlichen, den sein Herz, und seine Tapferkeit schon lange geadelt haben, betrachte einmal seinen rechtschaffenen, durch Biederkeit und Tugend grau gewordenen alten Vater, er ist weiter nichts als ein edeldenkender Bürgersmann, und ein treuer Unterthan seines Königs, soll ich ihm meine Tochter nicht zum Weibe geben?

Tante. Aber so bedenk, lieber Bruder! was wird die Welt dazu sagen? deine Tochter einen Bürgerssohn?

Gen. Aber — Weib! dieser Bürgerssohn hat dem Vaterland Millionen gewonnen — dieser Bürgerssohn ist des Königs Liebling, dieser Bürgerssohn hat deinen Bruder vor 3 Monaten aus 200 feindlichen Reutern gehauen, sag: Weib! soll ich diesem Bürgerssohn noch nicht meine Tochter zum Weibe geben?

Tante. Der Mann ist mit Blindheit geschlagen, thue, was du willst, aber morgen ziehe ich auf mein Landgut, vergrabe mich in meine Mauern, und laß mich vor keinem Menschen mehr sehen. (ab)

Maj. O Vorurtheil! Vorurtheil! wie tief grubest du dich in die Herzen der Menschen ein!

Gen. Ja! komm Alter! — bey Gott! ich mache mir eine Ehre daraus, dich Schwiegervater zu nennen! — (nimmt den Alten an' den rechten den Sohn an den linken Arm).

Rittm. Euer Excellenz machen mich zu dem Glücklichsten aller Menschen!

Bald. (mit erhobenen Händen) O Gott! tausendfach sind meine Wünsche erfüllt! — Ich hae einen Sohn, der des Königs Uniform trägt; was meine alte Anna dazu sagen wird?

Gen. Nimm diesen Kuß, Alter! und du Sohn! nimm meinen Segen, vermehre die Welt mit so guten Staatsbürgern, wie dein Vater ist, und ehrliches deutsches Blut wird nie in unsern Vaterland versiegen (alle ab.)

Ein und zwanzigster Auftritt.

(Allgemeines Wirthszimmer) Ländliche Musik. Alles tanzt untereinander, und ist fröhlich. Soldaten, Bauern, Mädchen. Anna, Mariecken, Leuchen, Peter, Pelikan als Rekrut. An den Szenen hängen viele Monturen, Säbelkuppeln, Patrontaschen, Kasketten. Sie tanzen.

Zwey und zwanzigster Auftritt.

General, an der rechten den alten Baldinger an der linken seinen Sohn führend. Wie der General eintritt, hören sie auf zu tanzen, und weichen zurück.

Bald. Anna — Mutter Anna! sieh einmal! wen ich dir bringe, — unser Sohn Christoph!

Rittm. Mutter!

Anna. Ist es möglich!

Mariech. Der Herr Rittmeister, — unser Bruder!

Peter. Was? mein Bruder ein Offizier — tausend Sapperment! jetzt bleib ich kein Beckerknecht mehr — Vater! ich werd ein Soldat —. (nimmt ein Kasket von der Wand, setzt es auf)

Drey und zwanzigster Auftritt.

Vorige, eine Ordonanz mit einem großen Brief.

Major. Hier, Euer Exzellenz! die Ordonanz brachte dieses vom König — (allgemeine Stille)

Gen. (erbricht den Brief) Gott segne den guten König! Sohn! Sohn! sieh, wie der König Verdienste belohnt, dieser Orden —

Rittm. Ist es möglich?

Bald. Was, auch dieses noch — Ha! jetzt weiß ich mich nicht mehr in meiner Freude zu fassen —

Rittm. Seht lieber Vater! wie huldreich unser gute König Vaterlandspflicht zu belohnen weiß. Ist es nicht die froheste Bestimmung für ihn zu fechten, und dem Vaterland Friede und Ruhe zu verschaffen?

Bald. Ja das ist die froheste Bestimmung und wär ich noch ein junger Bursche und mein König wäre in Gefahr, wüßten Euer Exzellenz! was mein Wahlspruch wäre?

Gen. Nun —

für unsern König!

Bald. Alles in Uniform für unsern König! (Die Soldaten, Bauern, Mädchen, alle Anwesende kommen in einen solchen Enthusiasmus, daß sie mit diesen Worten alle Kleider und Soldateugeräthschaften von der Wand wegnehmen, Kaskete und Patrontaschen umhängen, und die Musketen ergreifen, und alles abeilt mit diesen Worten) Alles in Uniform für unsern König!

Vier und zwanzigster Auftritt.

General Rittmeister, Major.

Rittm. Ha! wo Biedersinn und Heldenmuth so vereint bey einem Volke sind, da ist das Vaterland noch lange nicht in Gefahr, von epidemischer Seuche vergiftet zu werden.

Maj. Glück dem Landesvater, der solche Unterthanen zählt, denn — was macht den Fürsten groß und mächtig, als die Liebe seines Volkes für ihren Beherrscher.

Gen. Söhne! liebe Söhne! — (er greift bey der Hand) vergesset nie den heutigen Tag, er ist einer der schönsten meines Lebens, und wenn ihr Väter werdet, eure Söhne einst die Klinge führen können, und das Vaterland in Gefahr ist, so erinnert euch des Wahlspruches: jenes ehrlichen Bürgermanns — Alles in Uniform für unsern König!

Maj. ⎱ Alles in Uniform für unsern
Rittm. ⎰ König! (alle ab.)

Fünf und zwanzigster Auftritt.

Ein Garten, herrlich beleuchtet mit Bogengängen geziert, und mit Girlanten behängt. Es

beginnt ein militärischer Marsch, den der
alte **Baldinger** anführt, Soldaten,
Bauern, Bauermädchen, Majorin
Mimi, beyde als Bauernmädchen, all[e]
Bauern, und Bauernmädchen haben Kask[e]
te, Patrontaschen, und Gewehre, der G[e]
neral und die Offiziers kommen in einer i[m]
Hintergrund erhöhete Loge, der militärisch[e]
Tanz beginnt; beym ersten Würbel d[er]
Drommel marschieren die Mädchen in d[ie]
Scene, beym dritten werden sie geholt, [und]
erscheinen alle in einer Fronte. Es wi[rd]
präsentirt; beym dritten Tempo verwandel[t]
sich die Schildeln an den Kasketen der Mä[d]
chen, und das Publikum liest transparen[t]
den Namen seines Landesfürsten — unt[er]
dieser militärischen Gruppe fällt der Vo[r]
hang.

Ende des Stücks.